내 인생의 나래를 펴고

내 인생의 나래를 펴고

양삼우 隨想集

대양미디어

내 인생의 나래를 펴고

나는 어릴 적부터 글 읽기와 글쓰기를 좋아했다.
그리고 무엇보다도 '시' 읽기를 특히 즐겨왔다.
'시'詩 읽기를 좋아한 만큼 '시인'詩人을 존경했다.
그러한 마음으로 때로는 시를 쓰는 시인이 되고 싶었다.

그러나 가난하고 고생하며 살던 시절,
골목길 돌아다니며 옛친구 찾아가 놀던 그 시절,
시를 읽기 보다는 아버님의 병환으로 생계가 먼저였다.

'시'는 아무나 쓰는 게 아니란 것도 알았다.
그러나 시를 쓰고 싶다는 나의 욕망은 멈출 수가 없었다.
나만이 '시'라 하여 틈틈이 써온 글들ㅡ아니 그 글들이
'시'와는 너무나 동떨어진 것이라 한들ㅡ,
나는 애지중지 아끼고 또 아끼고 오랫동안 소중히 보관해왔다.

이러한 날이 몇몇 해이던가!
나의 이러한 마음을 눈여겨 지켜본, 시인 한 분께서
"내가 한번 읽어보자"고 하셨다.

나의 글을 모두 읽어주신 시인께서는
"지금은 시를 잘 쓰는 사람만이 아니라,
시를 좋아하는 사람은 시인이라 했다."
그 시인의 말씀에 불끈 용기가 솟구쳤다. 그 용기가 꽃피워져…

이제 『내 인생의 나래를 펴고』라는 제목으로
한 권의 수상집隨想集을 펴내기에 이르렀다.

인간은 죽음 앞에는 늘 겸손해진다. 그리고 신神에 의지하게 되며,
어떤 이는 종교宗敎를 갖는다.
나는 이 시점에서 나를 되돌아보니, 참으로 기구한 운명의
소유자였다.
가난과 고독… 함께 찾아온 병마는 나를 더욱 죽음의 나락으로
몰아넣었다.
그러나 나는 내 몸은 오로지 나만이 지켜야 한다는 신념에서
병마와 싸워서 이겨내었다.
어느 날 병원 진단에서 '암'이란 판정을 받고 눈앞이 캄캄하였으나
나는 결코 내 몸에 암, 그 병균이 살아있지 않을 것이란 확신으로,

견디고 이기고 꿋꿋하게 싸워왔다. 그런 결과는 나의 승리였다.
암 판정은 오진이었으며, 내 몸에 있던 암은 나의 신념 앞에
견딜 수 없었다. 아니 처음부터 부지하지 않았다.
이런 나의 신념을 매일매일 일기처럼 써온 나의 내 몸의 표현이
곧 '사랑'이란 이름으로 승화되었기에 가능한 일이었다.
그래서 더욱 나는 나의 글에 더 큰 애착과 자부심을
느끼지 않을 수 없다. 그 결과가 여기에 시와 에세이를 모아
펴내는 한 권의 '수상집'이라 아니할 수 없다.

나의 수상집은 언제, 어느 때 그 누가 보아도
늘 미흡하고 부족하여 설익은 과일과도 같다.
이 수상집을 펴내면서 한 가지 바람念願이 있다면…
부족한 저에게 더 큰 용기를 주시는 의미에서
매서운 질책과 가없는 격려와 편달을 빌어 마지않는다.

끝으로 이 수상집을 펴낸 대양미디어 서영애 사장님,
한 권의 수상집이 되게 교정, 편집에 애써준 정영하 편집장님께
두 손을 모으고 고개 숙여 고마움의 인사를 드린다.

2022년 5월

인천 寓居에서 지은이 識

차례

제6부 백지 같은 사랑

제1부 / 발자국 소리

기다림

가을 산자락에 흐르는 음향이
계곡으로 길을 놓는다
달빛에 투영된
그대의 맑은 그림자
푸른 산 그리메에 젖어 드는
작은 바위 얼굴 하나!

사모

가을은 깊어 가는데
강물같이 흘러간 시간
낙엽은 낙엽대로
산은 산대로
뽐내고 경주하듯 하지만
한 걸음 한 걸음
그대 곁으로 다가서는
고양이 발자국.

검단 진실이 숨 쉬는 농장

자그마한 골짝에 보잘 것도 없고 내놓을 것도 없는 곳,
무엇보다 더 막막한 것은 잡초, 과실수 몇 그루,
이것이 전부였습니다.
그러나 이곳에는 나에게 남아있는 자연의 숲,
가슴으로 숨 쉬는 곳.
작은 골짝엔 이름 모르는 연약한 잡초들이
목숨 일부라도 지키려는 아름다운 곳입니다.
소중한 생명을 위하여 마지막 빗물 한 방울까지도
다 줄 준비가 되어 있는 진실이 숨 쉬는 농장입니다.

농장일기

아침에 일어나기 전 창가에서 들려오는 새소리와 봄소식,
눈을 뜨면 향긋한 산 공기로 내 마음도 깨끗하게
씻겨지는 것 같다.
이제는 아프지 말아야겠기에 농장 산골짜기에서 마음을 추스르며,
내가 아프면 누군가에게 짐이 된다는 생각에 부담이 된다.
누구보다 더 많이 운동하고, 나아지면 농장 산골짜기에서
많은 사람과 책도 읽으면서 서로를 이해하고
그동안 못다 한 추억도 새기면서 꽃향기도 맡고,
사람 사는 냄새도 맡으며, 오늘의 삶을 이해하고
마음 깊이 맺혀 있는 추억의 보따리도 풀어보고
어려움도 서로 나누며 겸손한 행동까지 본받아
봄꽃처럼 방긋 웃어보고 싶다.
변하지 않는 추억들을 기쁨으로 하나하나 먹고 가련다.

농장풍경

2011년 한 해는 너무나 아름다운 추억들이 많지요.
작은 산골짝에서 하늘 바라다보면
나뭇가지 사이로 바람이 볼 위로 스치고
봄에 핀 아카시아 꽃향기는
그리움으로 가슴을 울리게 하여
지난 세월 내게 2011년이 지나
2012년 엄동설한에 잔뜩 몸을 움츠린 사람들과
골짝 작은 농장의 매실나무 아래 이름 모르는 잡초들
이곳저곳에서 이맘때면 늘 때를 기다리는 것처럼
돌무더기와 흙을 밀어내고
맑은 공기를 마시려 봄을 기다려 온 것이다.
언제 보아도 자연은 늘 아름답다.
옥빛 물감을 풀어놓은 고운 물결 위에
두둥실 떠가는 농장 위 하늘은
구름조차 초록빛
작은 골짝 위로 내리는 따스한 햇살이 눈물겹다.

오월은 언제나 어머니

신록의 계절처럼 언제나
어머님의 소중함을 알면서도
깊고 깊은 고마운 은혜
늘 감사드리고 눈물로
그리워합니다.
사랑으로 보살펴주신 고마움,
어느 때나 자식 걱정으로
노심초사하신 어머님
늘 죄송합니다.

어머님

부족한 자식은
늘 어머님께 죄송합니다.
어머님께서 오래오래
건강하게 살아계신 것이
자식의 바람입니다.
마음은 언제나 천 번 만 번
어머님을 찾아뵙고
효도하고 싶지만
못난 불효자식은
어머님의 손 한번 잡지 못한
못난 자식을 용서하십시오.

깨끗하게 씻어주신 어머님 은혜

그 옛날 생각을 하오니
아름다움이 담겨 있던
그 시절 아리따운 그 모습
두 뺨의 붉은 빛은
연꽃보다 더 아름다워라
은혜가 깊을수록
어머님의 그리움과 그 모습이
그리워 눈물 적시네
기저귀를 빠시느라 손발이 거칠어지고
오로지 아들딸 사랑으로
거두시던 고마움,
은혜롭고 인자하신 어머님의 얼굴은
늘 가슴에 담겨 있다.

내 고향

세월이 흘러도 마음은 청춘이다.
바위를 깎아 모래가 되어
물결이 모래를 씻어주는
내 고향 섬진강
은빛 물결이 빛나는 그곳
내 고향 그리운 요천수
모래 속 켜켜이 쌓인 세월
깊어가는 고향의 향수
보고 싶은 친구들!

아름다운 고향

산을 넘고 강을 건너 산속으로
밤이며 발길을 재촉하여 하루 한밤중
산길 깊은 곳 공기 맑은 산골짝에
커다란 바위에 등을 기대어
옛 추억으로 고향 산천을 기억하여
섬진강 요천수를 생각하며
흐르는 물줄기 따라
마음도 흘려보낸다.

내 고향 남원

물 맑고 공기 좋은 지리산 기슭 아래
가을 이른 아침에 창틈으로 들어오는 바람은 싸늘하고
기분 좋은 아침의 하루가 시작된다.
농부의 아침이 즐겁기보다는
그날그날의 하루가 농부에게는 그냥 좋은 일이 있겠는가.
일그러진 얼굴과 짓밟힌 고뇌로 하루를 시작한다.
기분 좋은 일이 가을 운동회 그리고 깊어가는 가을바람으로
좋은 하루도 웃음꽃 피웠으면 아름답고 멋진 날 되겠지.

남원 고을
농가에서 농부의 아들로 태어나 시골을 탈출하여
서울에서 누구보다 열심히 뛰어 농촌 농부의 아들이
서울 초등학교 육성회장 5년, 중학교 2년,
지역 운영위원장 8년을 하였다.

뒷골목 장터길

겨울밤 차가운 골목 포장마차,
나에게 장터 국밥 한 그릇 사주는 사람이 없었다.

빈 호주머니를 털어서 난 여러 번
주위 사람들에게 따뜻한 술국을 사주었으나
사람들은 나를 위해 단 한 번도 추운 겨울날
먹고 싶었던 국밥 한 그릇 사줄 생각조차 없었다.

눈이 내리는 날에도 그랬다.
장터 국밥, 따뜻한 국수 한 그릇이 그리워진다.

그때 그 시절, 20대 우리들의 힘들고 어려웠던 삶의 모습,
배고픈 시절이었다.

당신 · 1

당신과 함께한 지난 몇 년,
그 삶은 아름다운 시간이었습니다.
못다 한 지난 당신의 삶,
그 꿈을 이루어 주지 못한 나의 지혜가 부족할 뿐입니다.
이 또한 소중한 시간을 믿고 함께 지나왔기에
더욱 당신께 미안하고 부끄러웠으나 다시 힘내어 일어서렵니다.
저 푸른 하늘 우거진 자연 속에서
초록빛 아름다움을 당신에게 드리고 싶습니다.

당신 · 2

사람을 그리워하는 마음
서로가 서로를 위하여
많이 참고 이해하는 힘
그 마음을 알아주는 그 사람
바로 아름다운 사람!
늘 고맙고, 사랑합니다.

당신 · 3

어느 곳에서나 늘
그 사람이 옆에서
많이 힘들고
어려운 시간을
나누어 준 그 사람이
가슴속으로 찾아옵니다.

당신 · 4

사업이 힘들고 지쳐서
땀을 많이 흘리고 있을 때
그 사람이 더 많은 용기를 주고,
웃음으로 지켜봐 주는 사람을
다시 생각하며
그 마음을 존경합니다.

당신 · 5

지혜로운 그 사람은
늘 내가 힘들어할 때
미소를 잃지 않고
어려움을 함께 나누어 가는
그 사람에게
내 마음 작은 정을
드리려 합니다.

당신 · 6

당신이 돌아오게 되면
나는 제일 먼저 당신을
가슴속으로, 눈으로 깊이 담아
떠나지 않도록
당신을 곱게 그려진 다정한 모습
당신을 향해 내 곁을 떠나지 말라고
가슴속으로 두 손 모아
기도하렵니다.

그녀를 위하여

밤의 적막은 깊어만 가고
그대를 만나기 위한
공상과 꿈 아닌 기도는 길어지고
그대의 얼굴만 되풀이되어
눈물까지 흐른다.
가만히 눈을 뜨면
믿을 수 없을 정도로
그대가 내 눈앞으로 달려와
갓 피어난 꽃송이처럼
방긋 웃는 빛으로 속을 채워
터질 것처럼 환한 미소로
나의 품에 안겨준다.
꿈처럼 눈을 떠보면
쓸쓸히 풀어헤친 검은 머리
내 무릎 위에 누워
애틋한 사랑 그대를 위하여
소중한 걸 주고 싶어.

바로 당신

어느 곳에서도 가장 아름다운 꽃은
바로 당신의 얼굴!

어느 곳에서도 가장 눈부신 태양은
바로 당신의 미소!

어느 곳에서도 가장 빛나는 별은
바로 당신의 눈!

어느 곳에서도 가장 즐거운 마음은
당신의 가슴속 깊은 곳에 담겨 있습니다.

어느 곳에서도 가장 붉고 아름다운 노을은
바로 당신의 뺨!

어느 곳에서도 가장 편안한 곳은
바로 당신의 어깨와 그림자!

어느 곳에서도 가장 풍요로운 들녘은
바로 당신의 가슴!

어느 곳에서도 가장 부드러운 바람은
바로 당신의 손길!

어느 곳에서도 가장 멋진 모습은
바로 당신의 모습!

어느 곳에서도 가장 설레는 약속은
바로 당신과 만남!

언제나 어떤 곳에서도 가장 듣고 싶은 소리는
바로 당신의 숨소리!

언제 어느 때나 가장 갖고 싶은 보석은
바로 당신의 믿음과 의지!

어느 곳에서도 가장 빛나는 것은
자신의 지혜 밝고 빛나는 태양은 언제나 아름답습니다.

사랑하는 이가

사랑이 넘치는 풍요로운 10월의 가을이 되세요.
아름다운 것만큼 힘들 때도 있고 힘들 때처럼
따뜻한 가을 햇살의 덕분으로
아니면 따뜻한 그대의 보살핀 정 때문에
가을의 오곡백과가 무르익어가는
보람된 2008년 10월
그대와 오랜 세월과 시간
더욱더 아름답고 사랑스러운 미로의 시간이
그대에게 못다 해준 아쉬운 날들이
가슴을 아프게 하면
즐거웠던 한가위가 예쁘고 붉은 색깔로
그대의 볼 위에 그려놓은 사랑에
가슴 깊이 영원히 아름답게 담고
정겨운 10월의 따뜻한 마음으로
그대에게 진심으로 감사하고
그대의 건강을 기원하는 바입니다.

첫사랑

떠나고 난 후 그리움이 너무 커
낙엽처럼 태워버릴 수도 없고
누가 볼까 봐 내 마음속에
접어놓은 가슴 아픔
그리울수록 보고 싶은 마음
어떤 날은 그리움에 젖어
구구절절 내가 쓴 낱말들이
알 수 없는 이유
첫사랑, 마음속에서 오직 그대를
가슴에 담는다.

사랑의 의미

언제 보아도 한번 준 변함없는 마음으로
청순하고 소박한 사랑만을 꿈꾸는 당신
끝없는 마음을 가진 진정한 당신
당신 곁에서 보석보다 귀하고
넘치는 사랑을 날마다 주었는데
난 바보같이 알지 못하고
더 좋은 보석을 찾아 헤매었는지 모릅니다.
당신이란 사람이 내게 얼마나 소중하고 귀한지
당신의 손길이 얼마나 따스하고 부드러웠는지
바보같이 이제야 알겠소.

지난날의 여운

지울 수 없는 시간 속에
봄 향기처럼 풋풋했던
지울 수 없는 젊은 지난날이 있었기에
오늘이 더욱 아름다운 시간이 되고
편안한 마음으로 여유 있는
커피 한 잔을 마실 수 있는 고마움,
너였어.

그리운 그대여

짧은 시간 속에 말없이 흐르는 삶을
진심으로 기뻐하여 준 그대여
내 초라한 모습까지
눈부시게 봐준 그대여
너와 나에게 안녕이란 한 마디의
소중함으로 보아준 너!

제2부 / 곁에 있는 사람

그대 · 1

촉촉 가을비 소리에
마음을 적시면서
떨어진 낙엽이
그대를 생각하게 한다
그리움을 감출 줄 모르고
밝고 아름다운 눈빛으로
사랑을 베풀어 준 사람
바로 그대!

그대 · 2

그대가 없었다면 난
아름다움을
알지 못하고 살았습니다.
그대가 있어
눈을 바르게 볼 수 있는
사랑을 깨우쳤습니다.

그대 · 3

태풍이 불어와도
그대가 옆에 있어 의지 되고
삶의 고개 하나하나를
넘어갈 수 있었습니다.
그대를 사랑합니다.
슬픈 이별의 짐들이
내 삶을 감당하는 힘이 되어
오늘도 그대를 위해
살겠습니다.

그대 · 4

따뜻한 말 한마디
작은 배려
그대가 있어 행복합니다.
인생의 단 한 번뿐인
지금 행복한 이 시간
그대에게
멋진 내 마음 주리라!

그대 · 5

어느 곳에서 그리움이 밀려와
힘이 들고 마음이 허전할 때
작고 좁은 내 어깨
그대를 위해 그늘이 되어주리다
그대가 잠시 숨 쉬며
곱게 눈을 감고 잠들 수 있도록!

그대 · 6

당신의 만남과 인연은 짧았으나
참으로 그 삶은 크고 경이로웠습니다.
내가 흉내조차 낼 수 없는
맑고 따뜻한 고통과 좌절도
뜨거운 열정과 그 용기와
고귀한 지혜, 진정으로 곱고,
고운 마음이여!

그 사람 · 1

아침에 눈을 떴을 때 들려오는 새소리, 바람 소리,
창문에 비추어진 눈 부신 햇살 그리고 적막이 밀려오는 고요.
바쁘고 쉴 새 없이 살다 보니 오랜만에 그리운 사람들 얼굴이
살포시 떠오르고 보고 싶어 이슬이 구른다.
지나간 추억은 골짜기의 물이 되고
따뜻한 햇볕, 시원한 바람, 일출, 저녁노을, 붉은 장미,
오색 장미, 흰 눈, 그리고 마음속 깊이 담아 간직한 그 사람!

그 사람 · 2

그 사람이 밀물처럼
가슴으로 밀려와
그동안 쌓인 미움들 씻어내고
다시 내 앞의 모든 이를
사랑하기로 합니다.

아프고 슬픈 일이 너무 많아
못 살아갈 것 같지만 그 사람을
위하여 더 열심히 노력할 것입니다.

그 사람의 해맑은 웃음이
떠올라 흐르는 눈물을 닦고
조용히 혼자 외로움을 참으려 합니다.

사람들의 멸시와 조롱 때문에
이제는 아무 일도 할 수 없는 것 같지만
그 사람이기 때문에
무엇이든 기다리고 참을 수 있습니다.

나를 인정해 주고 격려해 주는
그 사람의 목소리가 귓가에
맴돌아 다시 용기를 내어
사랑의 힘으로 새 일을
시작하려 합니다.

그 사람 · 3

세상을 향한 그 사람의 투정 소리가 높아
나도 같은 투정 속에서 살고 있지만,
그 사람을 사랑하기 때문입니다.

늘 감사하면서 살아가는 그 사람의 지혜와 믿음
모든 지혜를 잠재우고 다시 감사의 고마움을
소리 없이 귀 기울여 봅니다.

진심으로 그 사람을 사랑하는 것은
그 사람이 더 잘 알 것이어요
늘 푸른 모든 사랑도 결국은
그 사람을 통해 찾아옵니다.

내가 그 사람에게 꼭 필요한 한 사람이 되고
그 사람이 나에게 꼭 필요한 사람이 되면
늘 밝고 아름다운 좋은 일들이 가득하겠지요.

곁에 있는 사람

아무리 가까이 있어도
마음이 없으면 먼 사람이고
아무리 멀리 있어도
마음이 있다면 가까운 사람이니
사람과 사람 사이는
거리가 아니라 마음이다.
마음을 다스리는 사람
마음을 아프게 하지 않는 사람
따스한 말을 전하는 사람
그런 마음을 가진 사람
곁에 있는 사람!

늘 필요한 사람

상처가 있는 사람에게
치료하여 준 그대
아픔을 안아주고 씻어준
고마운 그대
오늘도 나의 외로움을
따스한 한 마디로
보약 같은 활력수
그런 그대 사랑합니다.

바보야

넌 누구야
우린 사랑하는 거야
사랑한다면 사랑을 해봐
보고 싶으면 달려 와봐
바보야
네가 마음 가는 그대로 해봐!

그대와 함께

너와 함께라면
어느 곳 어디에서도
여정은 살아 있고
숨 쉬는 통로가 되어
눈빛 하나로 마음을 열고
녹슬어가는 청춘을
음악처럼 흐르게 할 수 있다.

동행

우정을 나눔은
나에게 주어진 희망과
삶의 지혜가 되어
한 세월을 그대에게서
함께 할 수 있는
길을 만들어 준
사랑하는 마음으로
길동무가 되어준 시간과
세월을 같이 한
오늘도 함께할 수 있는
동행입니다.

친구 또는 연인

못난 자존심으로
용서하지 못하고 이해하지 못하고
비판하며 미워했는지
사랑하며 살아도 너무 짧은 시간
베풀어 주고 또 줘도
남는 것들인데
욕심으로 무거운 짐만
지고 가는 고달픈
나그네 인생
친구 또는 연인!

잊을 수 없는 그녀

화려한 것보다 퇴근 후
집으로 돌아가는 시간
쓸쓸하고 허무할 때
수십 가지 절망으로
갑자기 온몸의 기운이 빠지고
모든 에너지가 소모되어
힘이 빠져버린 순간
더 슬퍼지는 이유는
그녀가 곁에 없기 때문인가?

소중한 사람

진정으로 사랑하는 이가 될 수 있다면
외로움도 이겨내고 눈을 쳐다보면
보석처럼 빛이 나는 여인
꽃보다 더 아름다운 세상에서
행복하고 기쁨이 가득한 가슴에
포근하게 안기는 목화솜처럼 맑고 깨끗한
어두운 밤길에 가로등을 켜줄 수 있는
반짝이는 별빛보다 아름답게 빛이 나는
그대에게 가장 소중한
사람이 되고 싶어요.

첫 만남

그대를 처음 본 날 그냥 느낌이 참 좋았어요.
맑은 눈빛 밝은 웃음 가냘픈 목소리
한 마디 한 마디가 따뜻한 메아리처럼
고요한 적막을 깨뜨리고
오랜 연인처럼 웃는 모습이
짧은 시간이었지만 참 좋았어요.

동반자

마음이 울적할 때 저녁 강물 같은 사람이 있었으면
날이 저물어 가고 산기슭 그림자처럼 어두웠을 때
내 그림자를 안고 조용히 흐르는 강물 같은
사람이 있었으면
낮은 소리로 내게 다가오고
산과 들로 나들이할 수 있는
손을 마주 잡고 달빛으로 다가오는
칠흑 속에서도 다시 먼 길을 걸어갈 수 있는
변하지 않는 보석 같은 사람!

미소의 여인

언제나 밝은 당신
오늘의 미소가 하루를
즐겁게 새롭게 희망을
주네요.
사랑해요.

2014년 청말띠

진실로 소중한 딱 한 사람
곱고 아름답게 사랑한 사람
그 삶이 깨질까 봐 힘들어
모든 것을 포기하지 않고
참으려 합니다.

나를 의지하고 있는
그 사람의 삶이 무너질 것 같아
소중한 믿음을 지켜보려
몸을 추스르고 일어나
내일을 향해 바로 섰습니다.

속은 일이 하도 많아
모든 것을 의심하면서도
사랑하기 때문에 이제 믿으려
다짐하려 합니다.

나를 철석같이 믿어주는
진정한 그 사람의 얼굴이 떠올라
그동안 쌓인 의심도 걷어내고
다시 모두 믿고 그 사람을
사랑하려 합니다.

그 사람의 마음이
많이 변하여 있어도
난 그 사람을 미워하지 않습니다.

무자년 새해

무자년 새해가 밝아오는 새 아침
까치 한 마리가 느티나무 위로
날아와 앉아 깍 깍 우는
축복의 새 아침
어여쁜 기쁨을 전하여
밝아오는 무자년 새해가 우리 모두에게
축복과 미래의 아름다운 출발과
새 시작으로 도약하는 꿈을 심어준다.
그러나 모든 부귀영화는 마음을
아프게 하니 조심하여라.

제3부 / 봄의 문턱에서

봄은

2월부터 봄을 준비하고 있다.
봄이 오는 3, 4월은
민들레와 바이올렛이 피고
진달래, 개나리가 피고
복숭아꽃, 살구꽃 그리고 라일락
농장에서 들풀잎, 들꽃과
사향 장미가 연달아 피는 봄
작은 향수에 젖어
가슴 설레는 이러한 봄을
쉰여덟 번이나 누린다는 것은
작은 축복이 아니다.
자연의 아름답고 신비한 바람 소리
더구나 봄이 쉰 하고도 여덟이 넘은
나에게도 온다는 것은
참으로 다행스러운 행복이다.

봄의 인생

봄바람 속에서
솟아오르는 새순처럼
깨어나는 것처럼
언제나 밝게 하는
삶의 길
돋아나는 새싹처럼
티 없이 깨끗하고
맑은 물처럼 흐르는 골짝
산과 들에 기쁨을 주는
한줄기 물이 되리라.

봄이여

그대는 오지 않는 봄
오랜 일기장 속에서
포기하지 않고
저물어 가는 시간
봄나들이 산자락으로
싱그럽게 불어오는
3월에도 그대는
오지 않는 봄!

봄의 문턱에서

매화꽃 몽우리가
봄의 시작을 알려주듯이
한 걸음 다가선
봄 향기 속으로
시작을 했으면 하는 마음
여유롭게 살포시
한 발 내려놓으렵니다.

삼사월은

늘 봄을 준비하고 있다.
비가 내리는 하늘은 먹구름이
까맣게 하늘을 덮고 있다.
3, 4월은 민들레와 개나리가
피고 녹색 물결로 준비하고 있는
작은 골짝 대지 위에 파란 새싹들을
사랑으로 안아줄 준비가 되어 있다.
작은 농장 조그마한 오솔길 위에
다정히 걸어갈 수 있는 사랑의 오솔길
사랑을 속삭이듯 민들레꽃
한 송이가 사랑의 메아리가 가득한
골짝 위엔 개나리꽃 노란 노을을
가르는데 무지갯빛 꿈을 안은
나의 작은 삶 속에서 오늘도 쉴 새 없이
흐르는 땀방울이 당신의 영혼으로
진달래, 복숭아꽃 오월을 준비하는
사랑의 희망이 되리라.

오월은

금방 찬물로 세수를 한
스물한 살 청신한 얼굴
하얀 손가락에 끼어 있는
비취가락지와 같이
아름다운 신록의 계절이다.
오월은 앵두와 어린 딸기와
모란의 오월이기도 하다.
그러나 오월은 무엇보다도
맑고 깨끗한 신록의 오월
전나무 같은 바늘잎도 부드럽고
연한 살결같이 고운 빛으로
자연을 가슴에 담아주는 행복!

오월

파란 하늘과 신록을 바라보면서
내가 살아 숨 쉬어온 시간

이 작은 골짜기에서
세월을 한탄한들 무엇하리.

머물 듯 가는 세월
유월이 되어 성숙한 여인 같이
녹음으로 우거진 숙이와 함께

밝아오는 태양과 정열을 퍼붓듯
새소리 되어
밝고 맑은 당신에게
드리고 싶습니다.

6월의 아픔

어머님과 헤어져야 하는 가슴 아픔,

소리 없이 울먹이는 소리가 들려옵니다.

그리도 믿었던 자식들과의 이별이란 순간을 기억하시는지요?

잘 견뎌내세요.

하늘은 먹구름으로 뒤덮이고

6월의 파릇파릇한 신록이 속삭이는 소리와

어머님 생각에 가슴이 아파져 옵니다.

6월은 어머님과 나의 생명을 주는 달입니다.

어머님께서 요양원에 가신 후 난 어머님 볼 면목이 없어

늘 웃을 수도 없는 날들이었습니다.

추운 겨울이면 어머님 생각에 잘 지내시는지 걱정 속에서

어머님께서 사랑해 주셨던 우리 6남매가

이렇게 잘 살 수 있는 것에 감사하고

고마운 삶 속에서 살아가고 있습니다.

우리 형제들은 웅크렸던 마음 활짝 열어서

어머님께 당당한 형제가 되고 싶습니다.

어머님과 6남매의 닫힌 마음 활짝 열면 어머님 자식으로,

그리고 6월이 되면 어머님 생각에 그리움 속에서

내 삶도 저물어 갑니다.

6월

신록의 계절을 맞이하여 초록빛이 아름다운 것처럼
당신 생각을 합니다.
몇 년을 이곳에서 당신 모습 그리워하며
우거진 나뭇잎들이 당신의 얼굴처럼 6월을 기다리고 또 기다려
갈색으로 짙어가고 있는 당신을 불러봅니다.
녹음으로 우거져 오는 계절 그리움 속에서
당신을 생각하게 됩니다.
5월이 지나가고 6월의 짙은 나뭇잎 사이로 바람이 불어오고
지는 해를 바라보면서 당신을 죽음으로 가는 날까지
사랑하렵니다.

7월의 꿈

지난 시간이
흐르는 강물처럼
먼 곳으로 바람처럼
사라져 보이지 않는 곳으로
다시 돌아올 수 없는 그림자
풍요로운 지혜가 지금
필요할 때입니다.
내게로 돌아올 수는 없는지요.

비 오는 날

7월의 숲속에 나뭇가지가 말을 한다.
비야 넌 왜 나를 힘들게 하는 거야?
네가 자주 내려서 난 너무나 힘이 드네.
빗물 네가 필요할 때도 있지만
햇빛이 더 필요해.
요즘 숲이 너무 우거져서 힘이 들어
작은 일에도 때론 고마웠지만
마음 가진 것이 삶의 지혜로
보는 눈과 마음을 가진 녹음이 우거진
7월의 모습이 다 다르듯이
멋지게 자라다오.

칠팔월은

녹음이 우거진 산과 들에는
종달새, 푸른 숲, 파란 하늘
여름을 알려주듯이
매미들은 이곳저곳에서 울어주면
누군가가 꿈을 꾸어
새장에 갇혀 있다가
넓은 세상으로 날아
평화를 얻는 것처럼
하늘 높이 노래를 부르며
날아간다.

무더운 여름

올해는 유난히 비가 많이 온 여름 장마
여름의 계절답게
종달새는 푸른 숲,
파란 하늘을 날며
여름을 기억하게 하고 있다.
내가 꿈을 꿀 때면
그 배경 속의 작은 설렘,
아늑한 농장 언제나 넓은 들판에
꿈과 희망을 가꾸어 간다.

그리움 · 1

오랜 시간 곱게 물들인 빛깔
사랑으로 잘 익은 그대의 고운 목소리가
내 귀가에 멜로디가 되어 울려 펼쳐지고
들꽃이 한 잎 두 잎 떨어지면
그대의 그리움도 익어서 떨어집니다.

그리움 · 2

눈 부신 태양을 본 마음과
자연을 본 마음은
무엇을 뜻하는가?
아무리 빛나고 향기로운
자연의 초목도 시들고
아픔이 되어 석양 노을 비
꽃바람처럼 사라진다.

그리움 · 3

한순간을 만났어도 잊지 못하고
살아가는 사람이 있고
매 순간을 만났어도 이제는
잊고 지내는 사람이 있는 것
내가 필요할 땐
곁에 없는 사람도 있고
내가 힘들 땐
나를 떠난 사람도 있다.

그리움 · 4

축복 된 삶을 얻게 되었고
그대가 있어 마냥 행복을
찾을 수 있어 보람되고
그대를 사랑하기에
진정한 사랑을 얻었습니다.

그리움 · 5

고요한 산자락에 바람 불어오면
조용히 혼자서 흔들리는
나뭇가지를 바라본다.
행여 당신이 달려올까 봐
당신을 사랑하기 때문에
그리움이 밀려와 당신 그리고
사랑 나눔을 알게 되었네.
내 진정한 마음은 어느 곳 어디에서도
당신을 위하여 변하지 않으리.

바둑돌

세상이 너무 힘들어서
생각이 많아서 기다리다 보면
시간은 얼마나 더딘가
해보지 않고 시작도 하지 않고
포기해 버린 순간들
또 얼마나 좌절했는지
이건 이래서, 저건 저래서
따지고 보면 나는 무엇이고
어디에 있는지 아련하지만
미처 하지 못하는 일들이
바둑돌처럼 놓인다.

숨 쉬는 소리

가슴 뛰는 시간이 있어
좋아합니다.
가슴이 두근 두근거리는
심장이 말을 한 것을
알았습니다.
당신을 좋아하고
사랑하고 있다는 것을
당신을 만나고 그리워하며
살아 숨 쉬는 소리를
듣기 시작했습니다.

차 한 잔

오늘이 가장 지혜로운 그대
진정한 사랑의 의미를 깨닫고
가장 가슴이 따뜻하고 아름다운 그대
작은 분위기에서 차 한 잔을 마시면서도
감사의 마음을 가진 지혜로운 그대!

무제

세상에서 소중한 꽃
어느 곳에서도 가장 아름다운 꽃은
바로 당신의 얼굴!
어느 곳에서도 가장 눈 부신 태양은
바로 당신의 미소!
어느 곳에서도 가장 빛나는 별은
바로 당신의 눈!
어느 곳에서도 가장 즐거운 마음은
당신의 가슴속 깊은 곳!
어느 곳에서도 가장 붉은 노을은
바로 당신의 뺨!
어느 곳에서도 가장 편안한 소나무는
바로 당신의 어깨!
어느 곳에서도 가장 풍요로운 들녘은
바로 당신의 가슴!
어느 곳에서도 가장 부드러운 바람은
바로 당신의 손길!
어느 곳에서도 가장 멋진 모습은
당신의 모습!

어느 곳에서도 가장 설레는 약속은
바로 당신과의 만남!
언제나 어떤 곳에서도 가장 듣고 싶은 소리는
바로 당신의 숨소리!
언제나 어느 때나 가장 갖고 싶은 보석은
바로 당신의 의지!
어느 곳에서도 가장 빛나는 것은
자신의 지혜 밝고 빛나는 태양이
언제나 아름답습니다.
사랑합니다.

보석

매실나무 가지치기를 하는데
어제 내린 비로 가지에는 꽃봉오리가 맺어 봄을 알려준다.
망설이다 보면 기회는 없다.
때는 지금이다.
반가운 사람은 얼굴에서 미소가 있고 눈빛에 반가운 향기가 있다.
보고 싶은 사람은 언제나 변하지 않는 마음에 따뜻함이 담겨
온기가 전해온다.
좋은 만남은 어디서도 기쁨과 그리움이 설렘과 좋은 일이 생기며
아침이슬 모여 강이 되듯이
나무가 모여 숲이 되듯이
오늘 아침 이슬 같은 보석이 된다.

매화꽃

이슬방울처럼 아주 작은 꽃망울
하루하루 조금씩 새싹처럼
피어오르는 꽃
어느 날 분홍빛 흰 꽃 되어
임 그림자처럼 향기로움!

제4부 /

가을이 오면

가을 · 1

산과 들에 곱게 피었던
야생 들국화와
이름 모르는 꽃들이
가을 서리에
죽은 듯이 시들어
고개 숙인 죄인의
모습으로 있다.

가을 · 2

풍요로운 가을!
하늘이 맑으니
낙엽 빛깔도 곱고
내 마음도 맑고
아름답네!

가을의 풍성함

손 내밀면 닿을 듯한 곳에
낙엽이 붉게 물들어 있고
그 뒤로 비보호 네거리의
신호등은 황색 점멸등만 깜박거리고
산 중턱에 아슬아슬하게 서 있는
아파트 베란다 창문을 기웃거리는
어느 가정주부의 움직임이 아른거리는 곳
지금 내 눈 앞에 펼쳐진 모습은
가는 세월 가는 시간을 잡으려
손을 내밀어 몸부림쳐보아도
허공에 매달린 악몽의 꿈
차라리 모든 시간을
강물에 흘려버렸으면 좋겠네.

아 가을

구름처럼 꽃송이처럼
피어오르는 시월아
그리움에 젖어
너의 미소 속에 곱게 핀
얼굴로 멎자
마음의 문을 열어주는
너였으면 좋겠네.

가을이 오면

쌀쌀한 가을 아침이 오거들랑
낙엽 한 장 주워
사랑하는 이에게 주고 싶어
곱게 간직해
기다리고 있네.

가을 들녘

저물어 가는 저녁 노을빛
머리맡에 걸어두고
바다로 향하는 풍경도 곱게 담아
지난 삶을 살아온 것은
저물어 간다는 것이다.
슬프게도 사랑은 자주 흔들린다
어떤 인연은 멜로디가 되고
어떤 인연은 상처가 되어
하루에 몇 번씩 노을 진 저녁 들녘에서
먼동이 되어 바다를 바라보면서
저물어 가는 석양은
희미하게 사라져 가는데
난 혼자임을 아는 것
시린 무릎을 감싸며 노을 진 저녁
바닷속으로 접어간다.

겨울 풍경

하얀 눈이 눈부신 하늘 아래
작은 산골 굽어진 모서리
온 산천이 하얗게
흰색 옷으로 물들어 있고
차가운 바람으로
겨울을 이겨내려 몸부림치며
애태워 소리를 지르는
나뭇가지와 마른 풀잎의 울음소리가
고요한 적막을 깨운다.

동지섣달 긴긴밤

두메산골 작은 골짜기로
밀려오는 적막
가지만 앙상한 참나무
겨울 산새들도 가고
하얀 눈 속에 찍힌
산짐승의 발자국
하얀 설원의 흔적
웅크린 겨울 추위에
이른 봄을 기다리네.

마지막 잎새

가을의 마지막 잎새
떨어져 가는 잎새
흐느껴 슬퍼하는 잎새는
가을에 떠나는 사랑을
알고 있듯이
너무나 가슴이 아파요!
바람에 흔들리는 낙엽이 되어
바람결에 사라진
앙상한 잎새가 되었네.

나의 겨울

누구나 하나쯤 이런 사연
조금은 옅게 그렇게 흘러가겠지만
흐른다고 멈추어주지 않겠지.
그래도 그대가 있어 그냥 좋습니다.
겨울다운 겨울처럼 좋은 인연
그대가 있어 오늘도 따뜻하게
보낼 수 있습니다.

아들아 · 1

지난날들을 풍요롭게 살지는 않았어도 엄마와 아빠는
열심히 살아왔다.
이제는 은은한 향기가 되어라, 아들아!
마음을 편히 하고 한 번 더 생각하는 지혜를 가져라.
바위는 밀려오는 폭풍에도 묵묵히 참는 지혜를 갖고 있단다.
이 세상의 파도가 너를 얼마나 힘들게 하였겠느냐.
세월은 낙엽처럼 소리 없이 떨어져 가면서 너를 성숙하게 하고
변화시켜 줄 것이다.
아들아 힘내어라.
엄마와 아빠가 사랑한다.

아들아 · 2

아빠의 인생은 너의 엄마와 사랑하는 아들 것
사람에 따라 차이가 있겠지만 생각에 달려 있다.
세월을 살다 보면 알겠지, 누구에게나 분명한 것이 있다.
오직 하나뿐인 삶의 인생을 살다 보면 바보로 살아왔다는 것
인생을 곱게, 아름답게, 진실하게 살고 싶은 것이 삶의 꿈이겠지.
희망적인 삶을 살라.
노력 없는 꿈은 물거품과도 같다.
인간의 시작과 꿈은 도전하며
내가 가지고 있는 것을 더 빛나게 하여라.
삶을 후회 없이 성실하게 고운 빛 아름다운 꿈
가슴에 담아가도록 하여라.

지리산 중턱에서

지리산 산동마을 들녘 아름다운 곳
올가을은 조금 이른 것도 있지만 산동마을 황금빛 가을 들판엔
곱고 붉게 물들어 있는 것을 볼 수 있다.
이곳 산동마을의 아름답고 공기 맑은 비밀은
바로 산세가 풍경과 숲을 아름답게 이루어
지리산 중턱을 더욱 가을 조화로 곱게 물들이는 계곡이다.
지리산의 철 따라 축제를 보아도 봄이면 산수유, 곡우 축제,
가을 황금빛 감, 그리고 계곡 곳곳마다 맑은 물,
어느 곳을 찾아보아도 여유로운 고장 낭만이 흐르는
지리산 산동마을 우리 모두 함께 행복한 삶을 기원한다.

초록 골짝

너의 가장 아름다운 모습을 화폭에 담아 마음먹고 찾아왔는데
오랫동안 돌아보지 못한 채 발길을 돌려 지친 몸으로 힘없이
찾아왔는데 그때 반짝이는 눈망울에서 믿음을 발견하였다.
아!
누군가 따뜻한 마음에서 사랑을 발견하였고
오랜만에 지친 몸을 편안하게 사랑과 믿음 속에서
가장 아름다운 행복을 깨달았다.
더 이상 아름다운 것을 찾아 헤맬 필요가 없게 되었고
내겐 이곳이 화목하고 작은 골짝에 초록빛으로 물들여 오는 곳
이곳이 천국이다.

늘 좋은 만남

하늘이 맺어준 축복이자 아름다운 선물로 그리운 이들과
매일 함께할 수 있어 좋습니다.
작은 골짝으로 작열하는 태양 속으로
매미와 새들의 지저귐은 달콤한 속삭임으로 들려와
가슴 가득 향기로운 꽃으로 피어나는 선물 같은 이 행복은
그 어떠한 그림으로도 그릴 수 없는 것입니다.
기쁨을 주는 그리운 이와의 좋은 인연 언제까지나
변하지 않는 보석 같은 만남이 되고 싶어서
그리운 이에게 결코 많은 것을 원하지 않으렵니다.
그저 항상 가슴 한편에 피어 있는 한 떨기 꽃으로 그 향기
그 아름다움이길 바랄 뿐 그 무엇도 바라지 않으렵니다.
소유하려는 욕심의 그릇이 커질수록 아픔도 자라고
미움도 싹틀 수 있기에 그저 이만큼의 거리에서
서로 배려하고 신뢰하며 작은 말 한마디일지라도
서로에게 기쁨을 주는 선물 같은 좋은 만남이고 싶습니다.
어느 곳에서도 늘 변하지 않는 부족하고 작은 정성으로
아름다운 발자취가 되도록 하겠습니다.

갈림길

누구나 모두 다 버리고
떠나는 길
바람처럼 떠도는
구름처럼 가다 보면
서로 만날 날이 있듯이
웃기도 했고 울기도 했다.
가슴에 애절한 사연으로
서로 돌아서면
영원한 갈림길!

말言語·1

말과 입으로 통하는
선과 악의 씨앗
독이 되고 약이 되는
혀끝의 말
따뜻한 한마디가
세상을 움직일 수 있고
모두를 얻을 수 있다.
그러나 독과 차가운 말 한마디가
인생을 버릴 수도 있다.
아름다운 일도 입에서 있고
가장 기쁜 일도 입에서 있다.
그러나,
감동을 전하는 말은
오감으로 전해진다.

말言語·2

말을 적게 하고 경청하여 상대를 배려하여
덕으로 공든 탑을 쌓아라.
언제나 작은 일부터 소중하게 지켜라.
크고 작은 것을 구분하지 말라.
하는 일에는 정성을 다하라.
노력과 정성에는 기적의 열매가 열린다.

촛불을 보고 감사하라. 그럼 달빛을 얻는다.
달빛을 보고 감사하라. 그럼 햇빛을 얻는다.
햇빛을 보고 감사하라.
햇빛도 달빛도 필요 없는 영원한 천국의 빛을 만들어
생애 환희에 온 세상의 빛이 되리라.

겨울나무

나 자신의 밝은 미래를
설계하기 위하여
좋은 벗 그리운 임을 위하여
가슴속 깊이 인연을 맺고 싶다.
우뚝 선 겨울나무처럼 날이 갈수록
한곳에서 변하지 않을
좋은 인연이 될 수 있다.

몸짓

사랑하는 사람과 다투는 것은
헤어지려는 것이 아니라
좋아지려는 것이다.
꽃은 졌지만, 열매는 더 영글어지고
좋은 씨앗으로 만들어 남겨주려고
오래오래 소통 이루어
서로 포용하는 마음을
지켜내려는 몸짓입니다.

들꽃이여

가을에 핀 들꽃이여
아침 이슬 맺혀 고개 숙인
이름 모를 들꽃이여
그리움에 이슬 젖어
고개 들지 못한 들꽃이여
그리움으로 눈물 흘려
보석 같은 빛이 되었네.

코스모스

코스모스 흔들리는 거리를
그대와 나란히 소리 없이 걸어
불어오는 바람 소리에 귀 기울여
안타까운 목소리로 애타게 소리쳐 불렀건만
바람처럼 스쳐 지나간 슬픈 기억
그리움을 벗 삼아 능숙하고
따뜻한 가을 햇빛 속 코스모스는
순수한 자체만으로도
그대를 아름답게 떠오르게 한다.
믿는 자는 가장 소중한 사랑을 한다.

온기

위로의 말 한마디가 기쁨을 주고
긴장을 풀어주는 그런 말
정이 담긴 말 한마디가 가슴을
설레게 한다.
지금 나는 어떤 사람이며
어떤 말과 행동을 하고 있고
누구에게나 따뜻한 말 한마디로서
온기를 전해 주는 사람인가!

가을의 길목에서

돌아오는 가을이 다시는 없을 줄 알았는데
밤낮도 모르고 처량하게 들려오는 매미 소리에
가을은 깊어간다.
파란 하늘 위 뭉게구름에 높고
푸른 가을이 눈앞에 성큼 다가와
그리운 사람과 함께 작은 산자락을 걸어본다.

찾아오는 가을

길가에 어우러진 풀잎 위에
살포시 앉은 새벽이슬
작은 이슬 속에
가을이 담겨 있고
새벽 들녘에 잠들었던 풀잎은
소리 없이 고개를 든다.

제5부 / 아슬한 그리움

초보

난 연애하는 초보생
사랑의 초보
이제 막 걷기 시작한
풋내기
산 중턱에 오르지 못하고
정상에 올라갈 수 없는
가슴 답답한 만큼
도중하차를 먼저 생각한다.
시작은 무서워요!

이별

이별은 너무나 무서워
가슴 시리도록 차가운
그대의 모습을 지켜봅니다.
태고의 전설이 너무나 서러워
동지섣달 요천수 강에
꽁꽁 얼어 흐르는 강물이 되어
맑고 깨끗한 꽃향기에
지난 세월을 묻고
그대여
사랑이여
그대 고운 얼굴 위로
나를 흘려보냅니다.

사랑하는 사람을 추모하며

당신의 몸은 비록 내 곁을 떠났지만,
그의 존재는 여전히 우리 모두의 마음에 남아있습니다.
눈을 감으면 환하게 웃는 그의 모습이 생생하게 보입니다.
한없이 따뜻하고 넓은 마음으로 우리를 기쁘게 해주던 당신,
여전히 우리를 따뜻하게 위로하고 있습니다.

이승에서의 삶은 참으로 고단하였지만,
육체의 고통을 정신의 깊이로 놀라운 힘을 보여 주었습니다.
그는 참으로 좋은 아들, 좋은 남편, 좋은 친구,
좋은 선배, 후배 지인이었습니다.
그가 있어 우리가 행복했기를 바라봅니다.

설레어서 슬프다

숨 쉬는 것은 무엇인가
삶은 무엇인가 살아가는 법칙은 있는가
매화나무 그늘에 앉으면 가슴 속 깊이 젖어 오는 향기

이대로도 좋다
매화꽃 향기와 한 조각 구름
그 얼마나 풍요롭고 향기로운가
그러나 여유로운 삶은 나를 떠나려 하네.

익숙한 풍경은 눈을 즐겁게도 하고 슬프게도 한다.
향기 젖어 오는 감정을 가슴에 담고 그 설렘에 차라리 슬퍼진다.

아슬한 그리움

어느 늦은 봄날 철렁이는 아픔
지쳐버린 마음으로 무작정 여행길에서
아름다운 여인을 보았다.
시선을 빼앗기고 넋을 놓을 만큼
너무나 아름다운 한 송이 S자 몸매
고개를 돌릴 수 없고 눈을 뗄 수 없어
한숨 속에 발길을 돌려야만 했다.
내 마음이 아름다워야 아름답게 보인다.

외로운 길

아무것도 소용없는 지난 시간
삶의 많은 소용돌이 속에서
외롭게 삶의 병든 닭처럼
멈추어 버린 시간
삶의 보복이 두려워
소리 없이 조용히 지쳐버린
삶의 진실, 사랑도 내게는
주어지는 마음으로 살고 싶을 때
잠시 눈을 감고 그대를
상상하여 그려본다.
아름다운 사랑으로
삶을 바꾸어 줄까?

퇴근길

16시가 되면 석양이 사무실 창가를 지나간다.
주변은 조용하고 앞 카센터에선 요란한 소리가 들린다.
그리고 잠깐 침묵으로 돌아간다.
노을이 지는 산자락 나무 사이로 터질 것처럼 석양은 지쳐가고
느티나무들은 노을 속으로 잠들어 희미한 달빛 붉은 가로등이
켜지기를 숨죽여 기다린다.
그대를 기다리는 시간, 그대를 사랑하는 날들 알고 보면
노을 지는 날같이 외로움이 많다.

맹세

그대 향한 내 기대가 높을수록
그 기대보다 더 험난한 삶이
앞을 가로막는다.
부질없는 내 기대 높이가
그대보다 높아서는 안 되기에
기대 높이를 낮추었고
기대보다 그대를 위해
수평선을 만들고
밤이면 가로등을 비추고
험난한 길 아스팔트를 깔고
진정한 사랑이 아니라도
나 자신 이겨내는 크고 작은 힘
가슴에 담아 더욱 빛나는 강
그리고 푸른 산을 좋아하게 만들
사람이 되겠소.

조각

7월 하늘을 바라보면
눈이 시리도록 보고 싶은 당신의 눈동자
저 태양처럼 내 가슴 불타고 있소.
오늘도 어제와 같이 변함없이
나의 뜨거운 가슴속에서
곱고 고운 꽃잎처럼
당신을 마음속에 새기렵니다.

푸념 · 1

인생은 다 그런 거지
어느덧 저물어 가는
하루해를 바라보면
그리운 어머님을
생각해 봅니다.
늘 없는 살림살이에
자식을 위하여
한평생을 바쳐온
어머님의 인생
감사합니다!

푸념 · 2

당신을 사랑하면 안 되지만,
너무 사랑하기에 그냥 당신이 좋은 걸 어떡합니까?
죽을 것 같은데… 당신을 사랑하고 남은 후의 상처는
걱정하지 마셔요. 그건 내 몫이니까.
내가 다 알아서 십자가를 등에 지고 갈 테니
당신은 그저 지켜만 봐주셔요.
그냥 그 자리에 곱고 아름다운 보석처럼 언제나 변하지 않는
그 모습 그대로 있어요.
당신께 내가 가진 모든 걸 다 주고 싶은 마음뿐,
이렇게 사랑하면서 살 거예요.
문득 이런 생각이 들어요. 우리 사랑이 얼마 남지 않았다는 걸.
그럴 때마다 가슴이 터지도록 아파요.
하지만 당신은 이런 내 마음을 알 리도 없고 걱정도 없겠지요.
얼마 남지 않았다면 그만큼 더 사랑하면 되니까. 그래도 나는
당신을 사랑할 수 있게 해주신 하나님께 감사드립니다.
그러니 당신 더 날 위해 걱정 따위 하지 마셔요.
난 그저 마냥 행복할 뿐입니다.
어느 곳에서도 당신을 사랑하니까 죽는 날까지 영원히.

그림

그리운 사람은
늘 보고 싶어 그리워한다.
떳떳하고 좋은 사람은
눈 내리는 그림보다 더 아름답다.

평화

보는 대로
마음으로 느끼는 대로
아름답다.

아침 이슬처럼 떨어지는
안개가 빗방울이 되어
소리 없이 떨어진다.

초록빛 해맑은 미소
아름다운 것은 동심
깨끗한 아침 햇살
맑은 빛의 평화!

행복

당신이 있어 숨 쉬어 갈 수 있어
붉게 물든 저녁노을을 바라볼 수 있어
당신이 있어 꿈이 있어
또 사랑을 베풀 수 있어
사계절이 아름다운 풍경을 볼 수 있어
인생을 즐길 수 있어
행복했습니다.

기다립니다

작은 삶의 꿈속에서
그대를 만나
아름다움 가슴에 담게 되고
좋은 글로 노크합니다.
나누고 싶은 인연으로
오늘 내가 있는 이곳에서
돌아보지 못하고
내일은 아직 오지 않았기에
이곳에서 그대를 기다려 봅니다.

오직 나만을 위해 있어 주오

그대를 사랑했지만, 그저 이렇게 멀리서 바라볼 뿐,
다가설 수 없어 지친 그대 곁에 머물고 싶지만 떠날 수밖에.
그대를 사랑했지만 그리움으로 눈물도 흐르겠지,
외로움으로 가슴도 저리겠지. 오직 나만을 위해 있어 주오.
당신 곁에 늘 있고 싶은 욕심 멈춰 세워 두지 못하고
자꾸만 부풀어가게 그냥 둡시다.
큰일이 아닐 수 없다는 것 잘 알고 있지만,
당신을 밖으로 내보내는 일 쉽지가 않더군요.
잠시라도 비워보려 했지만, 그때마다 사지가 마비될 것 같습니다.
아마도 견딜 수 없을 만큼 당신을 사랑하나 봅니다.
그런 당신을 하늘이 부르는 날까지 놓지 않으렵니다.
사랑한다는 것 생의 지독한 작업인 줄 알면서
서로 주고받는 수많은 키스가 있습니다.
내가 가진 것이 있어야 당신에게 줄 수가 있다.
무엇이든 당신에게 더 잘해주고 싶었는데.

당신에게 드릴 게 너무나 많아요

당신에게 저 푸른 하늘의 구름을 안겨 드리지 못하여
안타까운 마음을 조금이라도 아실까요?
당신에게 하늘의 별이 되어 당신 얼굴에 빛을 드리지 못하여
가슴 아프고 답답할 뿐입니다.
당신에게 바다가 되어 드리지 못해 내 가슴이 너무 아파
슬퍼지면 애만 태우고 있습니다.
당신에게 따뜻한 봄 향기를 드리지 못한 내 작은 마음 너무 아파
눈물이 납니다.
당신에게 저 푸른 초원을 안겨 드리고 싶지만,
마음뿐 힘이 없어 미안합니다.
당신에게 진정함을 보여 드리고 자연의 곱고 아름다운 것,
작고 소중한 것들을 드리려고 했는데
그저 가슴만 타오르고 있습니다.
당신에게 맑고 고운 미소로 가을의 국화꽃을
담아 드리고 싶습니다.
당신에게 숲속의 비 오는 어느 날 녹음이 우거진
원두막 처마 끝에 빗물은 하염없이 떨어져 내리고
당신의 언약 마음에 곱게 담아 보았습니다.

지난 추억

가랑잎이 한 잎 두 잎 창가에 떨어지는 그 날 밤 작별을 하고
먼 훗날 만날 거라 그렇게 손을 잡고 맹세했던 그리운 시간,
처음 그날 밤 그 순간을 당신은 기억하는가?
그렇게 함께 울면서 맹세했던 그 추억, 가을이 지나고
함박눈이 소리 없이 내리던 밤 가슴 저리도록 소박한 그리움으로
영원을 불태워 후회하지 않으려 바보 같은 사랑의 눈물로
당신을 백지 위에 그려 당신은 떠나가도 난 당신뿐이라고
내 가슴 가득한 사랑을 모두 당신께 드리고
못다 한 사랑을 더욱더 감추지 못하고
내 가슴속으로 흐르는 눈물까지 당신께 바치리라.
사랑이 남겨준 기쁨, 작은 눈물을 흘려도 아픔 없는 사랑이잖아요.
긴긴날 맺은 사랑, 밤새워 태워버린 당신의 무정함,
마지막으로 믿을 수 없는 당신의 지혜는 어느 곳까지일까?
별들의 다정함도 헤어짐으로 가슴 아프게 몸부림치면서
너무나 깊이 맺힌 시간을 밤이면 입술을 깨물고 몸부림쳐
떠나려 괴롭게 꺼져가는 등불이 되어 가는 당신을 지켜보는
내 마음 무척 많이 가슴 아팠소.
낙엽 진 가을의 눈물, 눈에 덮인 긴 겨울밤, 당신을 못 잊어.

풀벌레 우는 밤

산더덕 향기에 젖어
풀벌레 우는 밤이여
못내 그리워 그대를 찾던
세월이 있었소.
한여름의 개구리와
풀벌레는 저리도 우는데
나뭇잎들도 바람에 걸음을 재촉하여
그토록 그대가 보고파 깜깜한 밤
말없이 쳐다보는 하늘이었소.
그대의 밝은 웃음
고운 목소리 듣고 싶어
몇 번이나 망설이던 가슴속에는
그대를 찾고 싶은 마음으로
그대를 부르는 노래가 되었소.
내 모습 창가에 심어진
그대의 밤이 되었다오.

여정

가을이 떠나고 있음을 알기에는 많은 시간과 세월이 필요합니다.
맘 줄기 아래 시들어가는 국화들이 누렇게 변색하여
어느덧 가을이 지나가는 소리와 함께 창 넘어 은행나무는
고운 자태를 뽐내고 붉은 단풍도 하나둘 떨어져
이제는 앙상한 가지만 매서운 바람에 흔들리어
몇 잎 남지 않은 잎사귀들이 떠나는 가을을
안타깝게 붙잡고 몸부림치고 있을 뿐입니다.
이제 저 나무들은 더 깊이 뿌리를 내리려고
꽁꽁 얼어 있는 땅속에서 미래의 꿈과
희망의 새 봄날을 기약하며 눈부시게 푸르던 어린 시절
꿈을 안고 긴 여정을 기다리고 있을 것입니다.

지혜로운 사람

지난 세월 한 해가 아쉬웠던 일들이
이젠 모두 다 지나가고
새로운 삶의 첫 발길을 걸어
그대와 함께 따뜻하고,
포근한 가슴으로
두근거리는 설렘 속에서
미래와 역사를 설계할
바로 그 사람, 그 시간이
함께 만들어갈 그 사람
콩 심은 데 콩 나는 사람이 되지 말자.

꿈과 미래를 이루어보니

아카시아 꽃향기가
창가에서 안방 침실까지 밀려와
향기에 취해 밤 단잠을 깨어
5월의 푸르던 아카시아 향기가
너의 미소와 너의 향기와 비교하겠니
사랑은 보석보다 아름답게 빛나는 것을
어이 너는 모르고 있니?

그대에게

누구나 한 번쯤 아픔 없는 사람이 어디 있을까?
조금은 엷게 다 그런 거지 뭐
그렇게 흘러가고 흐르다
언젠간 어디선가 문득 그립고 보고 싶어
눈물이 날 때가 있겠지.
그리워서 언제나!

제6부 / 백지 같은 사랑

더 잘해 줄 것을

어떤 사랑을 아름답다 하였는가
아쉬워 꿈을 못 이루고 후회한 시간,
그러나 그대를 맞이하여
새롭게 맑고 깨끗한 미소
봄 향기처럼 꽃을 피우고
또 열매를 맺고 결실을 맺어
나에게 사랑을 가르쳐
곱게 간직한 마음을 주었으니
지혜로운 법을 배웠습니다.

이별

아플 걸 그랬나 봅니다.
슬플 것도 그랬나 봅니다.
우리 서로 그럼 한 번쯤은 더 달려 봅시다.
그대는 거기서, 나는 여기서
같은 그리움에 하늘만 바라보고
정말 아픈 것과 슬픈 것 모두
이제는 그대를 바람과 함께 떠나보내려 합니다,
그리움으로.

온기

멋진 사람은
눈을 즐겁게 하지만
가슴이 따뜻한 사람은
마음을 아름답게 하여 줍니다.
가슴과 마음이 따뜻한
그런 사람으로….

들꽃

화려한 꽃보다
자연 속 잡초로
변하지 않는 민들레로
살아남고 싶어
길가의 잡초로
밟히고 짓밟혀
시들어가면서
살아 숨 쉬는 그날까지
들꽃으로 살고 싶어.

백지 같은 사랑

얄팍한 종이 한 장이
얼마나 나를 슬프고 행복하게
괴롭게 하는지 또 그리워하는지
우연히 불길 같은 애수의 눈물
어느 곳에서도 긴장된 얼굴로
밤이면 소리 없이 귓가에서
환상의 적막을 깨고 애수에 젖어 드는
바보 같은 사랑.

삼우에게

녹음이 우거진 6월
늘 푸름을 가슴 깊이 들이마시고
풀냄새가 터지는 여름 향기에 취해
진달래꽃 연분홍색으로
곱게 물들어가네
사랑하는 그대가 없으면
아름다운 자연을 내 가슴으로
담을 수 있을까?

자연 속 그림자

늘 그 자리에
오랜 약속과 머물기를
기다리면서 더없이
간절한 시간과 그리움으로
숲속 작은 나뭇가지 사이로
눈 시리도록 바라볼 수 있는
햇빛 그리고 그림자가
바로 너였으면!

혀끝의 향기

넌 정말 장하고 고마워.
예쁘고 아름답다.
보고 싶고 기다렸다.
널 믿고 기대한다.
반갑고 건강하여라.

혀끝의 향기는 파도처럼
바람에 의해 일어나는 것처럼
혀끝에 따라 생각이 곱고
아름답다.

너의 가장 아름다운 모습을
화폭에 담아 마음먹고 찾아 왔는데.
오랫동안 돌아보지 못한 채
발길을 돌려 지친 몸으로
힘없이 찾아 왔는데
그때 반짝이는 눈망울에서
믿음을 발견하였네.

오솔길

초록빛 작은 비탈길 들녘으로
구부러진 산길을 따라 거닐고
거닐다 앵두 하나 따 먹고
들꽃과 마주치니
바로 당신
아름다움과 설렘을
전해 주고 싶다.

들꽃

문틈으로 봄이 오네요
그대를 부르는 마음의 소리
바라보는 곳마다 오색의 꽃으로
내 마음을 사로잡네요.
내 몸 깊은 곳까지 젖어 오는 꽃향기는
그대의 향수가 아닌가
꽃을 보면 그대의 아름다운 모습
내 가슴에 머물러
꽃그늘 맑은 하늘을 벤치 삼아
늘 사랑 주는 이가 되고 싶소.

이별도 사랑

한때는 참 가슴 아팠지.
사랑과 이별 가슴 아픈 시간
한때는 참 아름다웠지
붉은 장미꽃처럼 내 가슴 설레게 할 때
나도 모르게 눈물이 흐르고
깨끗한 내 마음 그대에게 주고 싶었지.
이별도 사랑이요, 사랑도 이별이요
아름답게 타올랐던 시간과 나날들
지금은 너무나도 먼 곳에
추억도 감정도 메마른 날들
예쁘고 즐거웠던 시간이었으면….

꽃잎처럼 아름다운

꽃잎 하나가 자연의
힘이 되어 모든 이들의
마음을 흔들어주는
화려한 꽃잎입니다.
머무는 그자들에게 향수가
가슴속 깊이 젖어보세요.

작은 길목에서

그대와 같이 있는 것만으로도
지식과 지혜가 넘치지 않아도
언제 어디서 보아도
그대를 사랑하지 않으면
그대의 어두운 골짜기를
알 수 없다.

지치지 않고 힘든 일에도
늘 그대와 함께
사소한 것에 감동하고
기뻐할 줄 아는
진정한 사람으로 살아간다면
얼마나 좋을까.

선물

오늘처럼 꽃다운 얼굴은
한철에 불과하나
꽃다운 마음은
일생을 지지 않아
장미꽃 백 송이는
일주일이면 시들지만
마음 꽃 한 송이는
백 년의 향기
그대의 선물!

행복한 하루

세월은 흐르는 골짜기의
물을 막을 수 없지만
기다릴 수 있다.
시간이 흐르고 세월이
지나가면 사랑도 변하고
인생도 멈추어간다.

함께할 사람

함께 할 땐 즐겁지 않은 사람도 있고
서로에게 있어 가장 소중한 시간
등잔 밑이 어둡다는 말
너무 가까이 있기에 그 소중함을 모르고
지나쳐 버리고 있는 그 시간은
우리에게 소중함을 알려주는 지금부터
마음 깊이 담아두자
좋은 사람을 만나 가슴에 남기고
헤어져야 할 사람은 언제나
그리운 사람으로 남고
보고 싶은 사람은 마음에 떠오르게 된다.
그리움과 외로움은 누구에게나
차가운 바람처럼 가슴속 깊이 밀려온다.
힘들어도 참으면 좋은 것이 더 많아진다.
앞에 있는 것만 보지 말고
보이지 않는 것도 보아야 한다.

사랑하는 마음

가슴이 뛰는 시간이 있다면
좋아하는 사람이 있다는 것
언젠간 자연과 함께 가슴이
두근거리는 심장의 소리가
말을 한 것을 알았습니다.
누구에게나 잊지 못한 사연이 있겠지요.
지금 난 당신을 좋아하고
사랑하고 있는 것을 알고 보니
당신의 만남을 늘 그리워하며
당신에게서 살아 숨 쉬는 소리를
듣기 시작하여 곱고 아름다운
당신을 사랑합니다.

나의 길

인생을 등에 업고 간다면
짐이 되지만
아름답게 가슴으로 안으면
그리운 사랑
늘 보고 싶은 마음도
이렇게 인생의 울타리가
되어주고 싶어.

나의 바람

나는 키워내고 싶습니다.
강인한 팔, 부드러운 손을,
듣고자 하는 귀를,
다정한 눈을,
부드럽게 말하는 혀를,
지혜로 가득한 정신을,
그리고 이해심 있는 가슴을….

어떤 삶

만남은 인연으로 시작되어
젊은 시절 꽃처럼 환영받지만
사랑이 시든 노후엔
천덕꾸러기 되어
맺지 못한 버림의 삶을
살게 되는 것을….

억척의 삶

그대여
이제 우리가 돌아보니
억척같이 사는 게
다 부질없는 것 아닐까
많이 부족하고
이해를 못 하여 마음 상하고
사랑도 해본 게 없으니
그저 허무합니다.

하루

밝게 떠오르는 태양처럼
활짝 웃는 모습이 좋은 삶과
함께 가는 인생길
소중하게 가진 마음을 아쉬워하기보다는
소중한 인연이기에
늘 따뜻한 마음 포근한 삶 속에
즐거움과 멋진 하루가 되어 갑니다.

제7부 / 아름다운 관계

고맙고 사랑해

가는 세월 지쳐있는 너
한번 잡아주고 싶어
지쳐있을 때 네 힘이 필요해
언제나 너의 따뜻한 마음
고맙고, 사랑해.

밝은 오늘

몇십 년의 추억이 있는데
그대가 백 번 달려온 것보다
내게 단 한 번의 밝은 웃음이
내 인생길 유익한 즐거움
더욱 빛나게 살 수 있는
힘이 되었다.

현미경

내가 그대를 아름답다 하는 이유는
그대 고운 마음과 눈빛
언제나 변하지 않는 따스한 가슴이
보이기 때문입니다.
그대의 우울함과 쓸쓸함까지
현미경처럼 보이기 때문에
그대를 지켜주고 싶습니다.

등잔 밑이 어둡다는 말

너무 가까이 있기에 그 소중함을 모르고
지나쳐 버리고 있는 시간
그 시간은 우리에게 소중함을 알려주는
지금부터 얼마나 소중한 것인지 마음 깊이 담아두자.

고마운 지인들

고마운 지인들께 참 고맙습니다.
너무나 숨 가쁘게 살아온 해였습니다.
그리고 고맙습니다.
정말 고마운 지인들과 함께 살아온 것이 고맙고
한량없이 감사합니다.
세월이 흐를수록 아쉬움도 많고 세상은 알수록 더욱 고맙고
감사하는 마음 커집니다.
지난해를 함께했던 세월 고맙고 행복했습니다.
지금까지 보내온 내 삶에서 지인들을 찾아뵙지 못한 마음
부끄러워집니다.
지금까지 살아온 인연을 가슴 깊이 새겨
기쁨으로 보답하겠습니다.

아름다운 관계

벌은 꽃에서 꿀을 따지만 꽃에 상처를 남기지는 않습니다.
오히려 열매를 맺을 수 있도록 꽃을 도와줍니다.
사람들도 남으로부터 자기가 필요한 것을 취하면서
상처를 남기지 않으면 얼마나 좋을까요.

내 것만 취하기 급급하여 남에게 상처를 내면
그 상처가 썩어 결국 내가 취할 근원조차 잃어버리고 맙니다.
사람과 사람 사이에도 꽃과 벌 같은 관계가 이루어진다면
이 세상엔 아름다운 삶의 향기가 온 세상 가득할 것입니다.

일상日常

빛이 나면 화려하고
행복이 넘치면 유쾌한 하루를
웃음으로 꽃을 피우는
소소한 일상이
아름답다.

내 것은 없다.
내가 변하지 않는 삶은
발전과 희망이 없듯이
내가 만드는 삶이
나에게 변화를 만들어준다.

좋은 사람으로 남는 법

참고 또 참아
달리 달려 보고
읽고 또 읽어
지혜로운 마음과
긍정적인 삶
자신을 절제할 줄 알고
남에게
베풀어 주는 삶
그렇게 살았으면 좋겠네.

가는 세월 · 1

시간을 잃어버린 그 날
아무리 기억을 찾아봐도
마음속 깊이 지워진 그리움
품 안에서, 가슴속에서
원망과 괴로움을 끌어안고
빈 마음으로 욕심을 버리고
지금부터 시작하여
맑은 물처럼
흐르고 싶다.

가는 세월 · 2

늘 가슴속에서 떠오르는 것
생각나는 것
언제나 잊히지 않는 그리움
아마 보고 싶은 그 여인을
그리워하겠지요.

가는 세월 · 3

가을 햇볕은 따스한데
곧 다가오는 겨울 찬바람은
반갑지도 않은데 벌써 성큼
문틈 앞으로 다가오고
1년 365일 가는 세월
10년 해도 3,650일인데
인생 백 년을 살아도
365,000일 허무한 세월
떨어져 가는 낙엽보다
못한 인생인가!

인생도 향기처럼

흙냄새와 참나무 향기가 땀방울 적시는
무더운 여름 숲속의 그늘
좋은 향기 가슴에 스며들어
가끔 하늘을 올려다볼 수 없을 만큼
즐거움과 소중한 인생의 향기가 되어
자연을 잃지 않고 고마운 마음으로
고운 향기를 그대와 함께
감사하는 마음으로 살렵니다.

삶과 나의 작은 길목에서

그대와 같이 있는 것만으로도
지식과 지혜가 넘치지 않아도
언제 어디서 보아도
그대를 사랑하지 않으면
그대의 어두운 골짜기를 알 수 없다.

지치지 않고 어떤 힘든 일에도
늘 그대와 함께 사소한 것에
감동하고 기뻐할 줄 아는
진정한 사람으로 살아가고 싶다.

그저 가는 대로

가는 세월 누가 잡겠어.
세월 가면 변하는 것도 많은데,
허전함도 많은데,
세월이 가면 해야 할 일도 많은데
벌써 여기까지 와 버렸네.

인생은 잠깐

어느덧 삼월은 기다려 주지도 않는데
봄은 또 오고 지나가는 봄,
그림자처럼 희미하게 사라져가는데
새봄을 알려주듯이 나뭇가지 사이로
봄바람은 볼 위로
차갑게 스치어 지나가고
발밑에 돌 틈 사이로
삐쭉 내밀어 보는 풀잎 새 생명을
새 희망으로 아름다운 꽃잎과
풀잎으로 사랑을 심어주는
자연의 그 사람 너.

소중한 삶

지난 세월이 너무나
소중함을 알게 되어
꼭 한 번 더 푸른 잔디 위
함께 걸었던 유월의 신록에
아름다움을 아무리 생각하여도
좋은 기억, 곱고 그리운 동반자
소중한 벗이여!

그런 삶을 보내고 싶어

지금 이 시간 함께 있어
즐거운 오늘 되었습니다.
모자란 짧은 하루가 헛되지 않고
기쁨을 내게 주었습니다.
천천히 생각하는 마음을
느긋한 삶으로 살아가는
지혜를 얻게 되었습니다.

지난 시간

지난 세월을 뒤돌아본다면
아장아장 걸어 다닐 때는 모르고 살아왔습니다.
난 시골 농부의 아들로 태어나 희망을 키우지 못하고
힘든 소년 시절을 달래며 꿈과 미래를 모르고 무럭무럭 자랐고,
농촌에서 풀 냄새의 향수와 함께 이렇게 세월을 달래면서
살아왔습니다.
그러나 이젠 지난 시간이 얼마나 소중하며
나뭇잎처럼 떨어져 버린 아픈 마음을 가슴으로
그림자처럼 새겨 두렵니다.
이렇게 지난 세월을 돌려줄 수 없는 어제가 얼마나 소중한지
아무리 노력을 하여도 아픔을 딛고 미래를 설계할 수 없다는 것을
다시 한번 가슴으로 프러포즈하며 나의 삶을 살아왔던 시간이
뒤늦게 그 향수의 의미를 알게 되었답니다.

더 아름다운 삶의 미래

봄의 문턱에 접어드는 입춘, 음력 정월의 절기로
동양에서는 이날부터 봄이라지만 추위는 여전히 강하다.
이렇게 매서운 동장군 위세가 꺾이지 않고 있지만,
밭두렁 한쪽 우뚝 선 나무 한 그루, 솔솔 불어오는 바람과
공기 한중에서는 파릇하고 따스함이 조심스럽게 느껴진다.
겨우내 꽁꽁 얼었던 모든 이들 마음도 자연과 함께 느껴
봄을 맞이합시다.
홍천 산골짜기에서 가슴속으로 파고드는 차가운 겨울바람,
맑은 공기와 함께 홍천 대명은 잠깐 내 머리를 맑게 하는
겨울 하늘 아래 그리고 노천탕 수많은 행인이 느끼고
산골짝으로 타오르는 봄 냄새가 소리 없이 이곳에서
정월을 맞이한다.
다사다난했던 지난 한 해 동안 깊은 관심으로 보살펴주심을
진심으로 감사하며, 정말 많은 것을 생각하게 하는 한 해였습니다.
새해에는 더 새롭고 웅대한 포부로 하시는 일마다
괄목할 발전이 있는 한 해가 되길 기원합니다.
새해를 맞이하여 행운이 함께 하시기를 기원하며
늘 부족한 제게 쏟아주신 정성 언제나 큰 힘이 되고
세상을 살아가는 지혜가 되었습니다.

이런 인생 삶

좋은 마음을 가지면 어긋날 일이 없다.
아름다운 혀를 가지면 다툴 일이 없다.
은은한 귀를 가지면 화날 일이 없다.
경이로운 마음을 가지면 불편할 일이 없다.
삶을 유연하게 물처럼 자연스럽게 흐른다면
삶도 자연처럼 바람이 부는 것처럼
산을 넘는 것처럼 마지막 바람처럼
멀리 바라보는 지혜가 필요한 것이
경이로운 인생이다.

지나간 세월

이별보다 떠나보내는 널
가을의 단풍잎 곱게 물든 석양
노을빛 지는 저녁에 내 곁을 떠날
채비를 한 너의 모습
한 잎 두 잎 나뭇잎처럼 떨어져 이별하는
쓸쓸한 겨울의 채비를 하는
작은 골짜기의 커다란 참나무 숲 사이로
저물어 가는 너의 모습이
아쉬움으로 떠나보낼 준비를 하고
겨울 같은 추위에 한 해의
마지막 잎새가 되어 보내는 마음
너무나 아쉬워 새로운 마음으로
널 활기차게 보낼 준비를 하고
따뜻한 인연으로 그리워지는 계절
모두 곱게 담아 사랑하는 이와 함께
가슴에 묻어가렵니다.

변하지 않는 것을 배워라

흔들리지 않고 사랑할 수 있을까
인간, 동물, 식물 모두가 자연으로
흔들리지 않고 꿈과 희망을 이루는
법을 아는 것이 아름다운 지혜를
또 이루는 것이다.
사랑도 바꾸고 운명도 바꾸어 가는 세상
산천초목도 아름답게 바꾸어
꿈을 이루는 법을 배워라
좋은 일을 하여 행복하네.

제8부 / 어느 촌로村老의
산촌일기 山村日記

을왕리

을왕리 비 오는 날은 아니지만 바다가 안개꽃, 백합꽃처럼
둑길을 따라 달려가다 보면 사춘기 소녀처럼 늘 가고 또 가는 곳.
백소주 한 병에 산 낙지 한 접시, 칼국수 1인분에
어쩔 줄 모르던 소녀.
사계절 아랑곳하지 않고 그 바다를 그토록 당신이 좋아하던 곳.
이렇게 비가 내리는 날이면
나보다 바다 위로 밀려오는 차가운 바람을
더 좋아했던 당신.
당신 얼굴에 차가운 바람이 스쳐 갈까 봐
내가 등으로 감싸주면 나를 보고 힘겹게 웃어주던
당신의 눈동자 속에는 너무나도 아름다운 사랑이
담겨 있었습니다.
늘 함께 갔던 싸늘한 바닷가 포장마차였지만
그 안에는 당신의 행복한 웃음으로 내 눈물을 흐르게 했고
너무도 행복하고 따스한 사랑이 있는 곳입니다.

만남

당신을 만나 오늘처럼 큰 실망과 좌절 속으로 빠져
당신을 원망하게 되었소.
나를 가슴 아프게 하여 연약한 마음으로
9시간의 지루한 고통 속에서 숨 쉬고 있는 것마저도
원망스럽고 고통스러운 시간이 바람처럼 물결처럼 밀려오는데
소중하고 사랑했던 시간이 이제는 당신을 미워하고
증오하게 되었소.
그토록 아름다운 시간이 이렇게 변하여 오염되어 있는 하수구처럼
가슴속으로 역겨워 구역질 나듯이 모두가 변해 가고
밤하늘에 달빛마저 저물어 누구 하나 나의 힘이 되어줄 자연과
그림자 하나 없으니 내 삶의 영원 속으로 달려
곱고 아름답던 마음이 두렵기만 한데
진정으로 당신을 사랑했고 꽃잎처럼 더 아름다움 속에서
좋아하는 의미를 깨닫게 되었고
사랑하는 아픔을 가슴속에 간직할 수 있는 시간도
기다려 보았으나 시간이 갈수록 사무쳐
지나가는 고통과 괴로움이 바로 고문이지요.
수많은 아픈 시간을 눈물로 보내고
가슴 두근거리는 하룻밤이 소설 속 이야기는 아니지요.

오늘날을 추억으로 바꾸어 남겨준다면
잊지 못할 내 마지막 삶의 대본이 되겠지요.
그러나 나는 당신의 꿈과 추억 사이로 들어가 당신을 지켜주고,
강인한 팔, 부드러운 손, 듣고자 하는 귀, 다정한 눈을
볼 수 있는 시간은 오직 기적보다 사랑의 힘이지요.
지혜로운 사람은 어느 곳에서도 말을 함부로 사랑하지 말자.

사랑을 아는 그대는 아름답다

저 별은 오직 그대만을 지키는 별이기에
항상 어두운 하늘을 밝히는 마음
나는 그대 곁을 떠나고 싶지 않다.
그대가 힘들고 어려움에 부닥쳐 있어도 홀로 힘들어
외롭게 하지 않고 그대 의족이 되어 환한 빛이 되고 싶다.
나 혼자만의 힘은 아니나 그대의 영혼과 함께
생명의 숨결을 사랑으로 그대의 마음속으로 전해 주고
텅 빈 공간을 가득 채워 별빛이 세상을 가득 채우고
그 빛은 그대를 보고 싶은 내 마음을 담고 그리움에도 섬세한
그대 사랑은 얼마나 아름다운 빛이 될까?
사랑은 둘 다 눈부신 아름다움을 가지고 있으나
안절부절 힘들어하거나 외로워하지는 않을지라도
마음을 정화해주고 사랑을 꿈꾸게 하기도 한다.
그 조그마한 뜻일지라도 언제나 아름다움이
그대의 마음속에 들어와 곱디고운 아름다운
사랑을 이루어 간다.

외로움

기다리면 돌아오는 것 슬픔 한 조각으로 외로움을 채우고
오늘은 조용한 자리에서 그대를 생각하면서
외로웠던 지난날들을 되새겨 본다.
그대 돌아간 빈자리 동백꽃 꽃잎처럼 향기롭고
진하게 물들어 아름답게 내 가슴 깊이 노을이 진다.
추억 한 줌으로 남아있는 사랑을 위해 눈 감는 저녁 하늘 높이
별 하나가 그대의 뒷모습에 온통 그리움뿐인데
바람이 지나가고 다시 돌아와 함께할 그리운 날이 얼마나 될까?
사랑하는 이여 아주 오래 그대가 걸어야 할 길이 멀고 험난하다
하여도 이미 그 길은 마음속 깊이 약속되어 슬프거나
힘든 일 같은 것 남에게 자주 말하지 말라.

나의 다짐

1. 나는 반드시 최상급 생활을 즐기며 나를 최대한 흥분시키는 높은 이상과 꿈을 현실 속에서 반드시 정복한다.
2. 나는 나의 강인한 힘과 노력으로 다양한 스포츠를 매일 행복한 마음으로 사계절 늘 푸른 동산을 가슴에 담는다.
3. 나는 나의 생명이 다하는 그 날까지 그 누구도 이루지 못한 꿈과 목표를 다양하게 창조적으로 반복 트레이닝을 한다.
4. 나는 어떠한 위기 상황이 밀려와도 내가 사랑하는 사람들을 충분히 지킬 수 있는 강력한 경제력과 강인한 체력을 키우며 더욱 강하게 보호할 것이다.
5. 나는 항상 시간이 나면 다양한 독서와 문화생활을 하며 내가 잘 알지 못하는 모든 것도 노력하는 미래지향적인 사람 되어 언제나 나의 기쁨을 표출하고 싶다.
6. 나는 항상 시간만 있으면 나보다 더 훌륭한 사람들을 만나 교류하며 겸손과 섬기는 자세를 배우고자 한다.
7. 나는 항상 새롭게 도전하는 삶을 배울 수 있는 모든 분야에 과감하게 뛰어들고 시행착오와 고난과 시련 고통과 배신 비난과 멸시는 내가 가장 좋아하는 성공의 비타민이다.
* 꿈을 믿고 나가는 힘은 이성이 아니라 희망이며 두뇌가 아니라 심장이다.

함께 가는 인생

때로는 인생의 여정이 험난하여 포기하고 싶어질 때 따뜻한
가슴으로 다가와 손 내밀어 잡아주는 그런 너였으면 좋겠네.
그대를 위해 무거운 짐 다 짊어지고 가더라도 함께라면
웃음 머금고 떠나가리라. 불평하지 않는 걸음으로
그 먼 길을 함께 가는 인생길 묵묵히 걸어가리라.
그대를 바라보고 웃을 수 있는 마음이 있다면 비바람이 불고
눈보라가 몰아쳐도 그대와 함께하는 그 길이라면 어느 곳이든
헤쳐나갈 준비가 되어 있소. 그것만으로도 참 좋은 인연이
아닐까요. 가끔 어두운 벼랑으로 떨어진다고 하여도
그것은 그대와 인연의 길이라면 목숨까지 드릴게요.
다시 오를 수 있도록 주저함 없이 내 등을 내어주며 우리는
같이 웃고 우는 인생이 되어 서로를 아끼는 마음으로 뜨거운 눈물
한 방울까지 흘릴 수 있는 따뜻한 가슴하나 간직하면 그 삶이
아름다운 삶으로 살아가면서 서로서로 감싸 안은 사랑하나 믿고
함께 가는 그런 인생과 인연의 길목에서부터 시작한다는 마음으로
힘든 것도 헤쳐나갈 그런 인연 그 길을 함께할 수 있으면 크나큰
행복과 아름다운 인연이 되어 마지막 죽음의 다리를 건널 때
그대와 함께했던 그 길을 아름답게 걸어가는 그 날까지
가슴에 담아 두리라.

삶의 인생

세월은 이렇게 흘러 지나가는 시간 속에
풋풋하였던 젊음은 다 지나가고 삶의 흔적은
이렇게 굵게 패인 주름살로 초라하게 남아있는데…

한 농부의 아들로 농촌의 삶을 그래도 열심히 살아온
지난 세월이 있었기에 지금 이 자리에 오늘이 더욱더
웃을 수 있는 시간과 삶의 인생…

늘 넉넉한 마음을 가지고 작은 산자락에서 커피 한 잔의 향기를
여유롭게 마시는 이곳, 이 자리를 함께하길 바랄 뿐…

삶의 인생길 누구보다 더 큰 노력으로 하루하루를
너무나 바쁘게만 살아왔는데…

삶을 살아온 길목의 발길은 이렇게 세상을
아름다운 여정의 인생은 언제나 사랑할 수 있는 마음을
갖고 있다는 걸 알면서도…

삶의 한편에서 가끔은 작은 산자락에서
커피를 향으로 마실 수 있으며,
이곳은 작은 산자락 숲 사이로 스며드는 빛과 햇살은
눈이 시리도록 파란 하늘의 자취를 비추어 주었는데…

어느새 훌쩍 커버린 나뭇가지엔 여린 새싹도 곱게 돋아나고
가슴 따뜻한 사람들이 있어 오늘도 또 하루가 밝고
아름다운 발길을 걸을 수 있어 내 가슴엔 아직 식지 않은
뜨거운 가슴이 있으며…

오늘과 미래의 삶도 하는 일마다 기쁨이 되고
숨 쉬는 이곳 자연의 숲속에 순간순간마다
즐거움과 사랑을 늘 함께 나누고 싶어….

성공 비결

지난 세월을 뒤돌아본다면
아장아장 걸어 다닐 때는 모르고 살아왔습니다.
난 한 농부의 아들로 태어나 희망을 키우지 못하고
힘든 소년의 시절을 달래며 꿈과 미래를 모르고
무럭무럭 자라는 늘 푸른 농촌에서 풀 냄새의 향수와 함께
이렇게 세월을 달래면서 살아왔습니다.

이젠 지난 시간이 얼마나 소중하며,
나뭇잎처럼 떨어져 버린 아픈 마음을 가슴으로
그림자처럼 새겨 두렵니다.
이렇게 지난 세월을 돌려줄 수 없는 어제가 얼마나 소중한지
아무리 노력을 하여도 아픔을 딛고 미래를 설계할 수 없다는 것을
다시 한번 가슴으로 프러포즈하며 나의 삶을 살아왔던 시간이
뒤늦게 향수의 의미를 알게 되었답니다.

성공의 비결
박수받는 매너 男,
인기 있는 예절 女,

일하는 걸음은, 목표와 방향과 시간을 정해놓고 힐링,
공간 아름다운 향수 걷지만
쉬는 걸음은, 그 모든 것을 내려놓고 천천히 걷는다.
때론 자유의 시간, 또 다른 방향과 공간,
한 번쯤 쉬어 향수를 마음으로 담아….

새해 소원

계사년 더 아름다운 삶의 미래.
봄의 문턱에 접어드는 입춘 음력으로 정월의 절기로
동양에서는 이날부터 봄이라지만 추위는 여전히 강하다.
이렇게 매서운 동장군 위세가 꺾이지 않고 있지만,
밭두렁 한쪽 우뚝 선 나무 한 그루!
솔솔 불어오는 바람과 공기 한중에서는 파릇하고 따스함이
조심스럽게 느껴진다.
겨우내 꽁꽁 얼었던 모든 이들 마음도 자연과 함께 느껴
봄을 맞이합시다.

겨우내 꽁꽁 얼었던 마음을 홍천 산골짝에서
가슴속으로 파고드는 차가운 겨울바람!
자연의 맑은 공기와 함께 홍천 대명은 잠깐 내 머리를 맑게 하는
겨울 하늘 아래 그리고 노천탕, 수많은 행인이 느끼고 산골짝으로
타오르는 봄 냄새가 소리 없이 이곳에서 계사년 정월을 맞이한다.

사랑하는 이들에게
다사다난했던 지난 한 해 동안 깊은 관심으로 보살펴주심을
진심으로 감사하며 정말 많은 것을 생각게 한 한 해였습니다.

새해에는 더 새롭고 웅대한 포부로 하시는 일마다
괄목할 발전이 있는 한 해 되시길 기원합니다.
새해를 맞이하여 행운이 함께 하시기를 기원하며,
늘 부족한 제게 쏟아주신 정성 언제나 큰 힘이 되고
세상을 살아가는 지혜가 되었습니다.
그 정성만큼 더 큰 기쁨으로 보답할 수 있도록 노력할 것을
약속드리면서 건강과 행복이 계사년 내내 가득가득하시길
기원합니다.

자연처럼 향기 있는 삶을 살아라. 향기가 없으면 미래가 없다.
모든 삶이 향기가 있어야 미래가 있고 향기가 있는 법이다.
한 걸음 더 발전할 수 있는 미래의 희망으로
행복을 만들어가길 바랍니다.

어느 곳에서도

내가 그곳을 사랑하면 모두가 아름다운 곳이다.

난 이번 중국 위해로 사업동반자와 동행하여 현지 사업자와

3일간 미팅을 하고 시간을 내어 골프 라운딩을 하기로 하여

그곳 삼면이 바다로 이루어진 섬, 같은 곳 중국 하늘 아래에서도

가을이 시작되어 가고 있는 것을 가슴으로 느끼며 어디에선가

불어오는 바람, 내 볼 위로 스쳐 가는 가을의 향기로운 풀냄새와

바닷물 냄새가 한국이 아닌 중국에서 낙엽과 함께 바람을 타고

가슴으로 스쳐온다.

중국에서 또 하나의 그리움은 외로움대로 외로움은 그리움대로

중국 가을 하늘 아래 바닷가 골프장 잔디밭에서 사업의 떨리는

속삭임을 둘이서 대화를 나누면서 만남은 헤어짐을 위하여

마련되듯 둘이서 옛 추억을 몇 마디 주고받는 것이 논리

전부였으나 큰 의미의 설계를 하였다.

중국의 바다 위 가을이 푸른 하늘 아래 석양 노을이

가슴 속으로 선율을 전해 주었고 둘이서 아쉬움은

탐스러운 열매를 맺기 위한 것으로 약속하며,

중국의 석양빛과 잊혀가는 초록빛 물결들이

잔잔하게 사라져가는 것을 보면서 다음을 약속하며

아쉬운 안녕을 하려 한다.

사랑하는 친구

친구야 몸은 비록 우리 곁을 떠났지만 너의 존재는 여전히
우리 모두의 마음에 남아 있단다.
잊지 못할 시간들 눈을 감으면 환하게 웃는 너의 모습이
눈앞에서 생생하게 보인다.
한없이 따뜻하고 넓은 마음으로 우리를 기쁘게 해주던 친구,
네가 여전히 우리들 옆에서 따뜻한 자리를 함께 할 수 있도록
한 너였다.
때론 부족하고 섭섭한 친구들도 있겠지만 농부의 아들, 딸로
태어나 우리 만남과 인연은 60평생 짧았으나 참으로 그 삶은
크고 경이로운 시간들이었다.
너를 포함하여 우리 친구들 몇 명은 흉내조차 낼 수 없는
맑고 따뜻한 고통과 좌절도 뜨거운 열정 그 용기와 고귀한
너의 지혜를 진정으로 사랑한다.
노훈아! 이승에서의 너의 삶은 참으로 고단하였지만
육체의 고통을 정신의 깊이로 놀라운 힘을 보여주었다.
노훈아! 너는 참으로 좋은 우리들의 친구였다.
저 높고 푸른 하늘 위 구름보다 더 아름다운 세상에서
우리들을 지켜보면서 행복하게 고통없는 세상을 살아가거라.
노훈아 우리들은 널 진심으로 사랑한다.
네 곁으로 갈 때까지 안녕, 친구야!

사랑하는 당신

11월 은행잎 노랗게 물들고 바람에 떨어져 거리에 나뒹굴고
가을 풍경은 가슴 설레게 하네.
그리고 들녘 초원이 아름답다 하여도 네 마음 변해 있는 지금
좋은 것 아름다운 눈과 귀까지 들리지 않는 것은 너 그리고 나.
작은 공간 때로는 모두를 잃어버리고 외로움 가을 햇살처럼
마음이 아름다워 그 사랑도 눈부실 만큼 아름다워 가슴 시리고
저리도록 더 지혜로운 시간이 조금씩 변해 가고
아니 잃어버리려 하는지도 모른다.
어리석은 사람과 지혜로운 사람의 차이점은
더 생각할 줄 아는 사람, 바보와 천재는 바로 백지 한 장,
흑과 백 조금 더 참고 한 번 더 생각하는 당신이 되어주면
좋으련만, 서로를 사랑하는 날까지 더 지혜로운 시간과
삶의 어느 곳에서도 말을 함부로 내뱉지 않는 사람이 되었으면
좋으련만, 제일 힘들고 화가 났을 때 말에 독을 뿜는
뱀의 혀끝이 되지 말고 마음의 아픈 상처를 주지 않는 시간이
되길 내 진심으로 당신께 세상을 더 멀리 보는 눈을 선물하여
바다에서 밀려오는 파도 속 깊은 곳 물고기까지 바라보는
눈이 되어주고 작은 물결 태양이 구름 뒤에 숨어 석양 노을
은빛으로 물들어가고 그 작은 흔적은 바닷바람의 서늘함을

애무하는 수평선처럼 잔잔하고 부드러운 가슴 깊은 곳까지
황홀한 행복과 함께할 수 있는 미래의 시간을 당신께 설계하여
하나밖에 없는 나의 삶을 당신을 위해 지쳐 변화되지 않는
붉은 빛, 초록빛 늘 푸른 자연을 당신과 함께 시간 가고
오늘이 가도 그리고 내일 더 아침 일찍 일어나 웃음소리가
먼 곳까지 메아리 되어 들려오도록 당신 밝고 고운 아름다움
가슴속 깊은 곳 곱게 담아두렵니다.

사랑하는 아들 성준에게

사람이 태어나서 훌륭하게 된다는 것도 쉬운 일은 아니다.

항상 생각하고 노력하는 마음
이제부터 네 인생의 삶의 시작은
필요한 시간 소중함과 그 사용 방법이다.
시간을 잘 사용하는 일이 얼마나 중요하며, 한번 잃은 시간을
되찾기란 얼마나 어려운가를 실감하고 있는 것이다.
몸소 남에게 가르칠 수 있을 정도로 교훈을 체득하고 있지 않다면,
실제로 시간의 가치를 이해할 사용법을 알고 있다고 말할 수는
없단다.

지혜로운 사람
말은 아주 쉬운 일상 속에 언행과 글귀다.
그 얼마나 힘든 단어
(시각) 보이는 눈이 모든 아름다운 것으로 볼줄 아는
눈이 되어야 하며,
(청각) 듣는 것도 숨죽여 고요함으로 소리를 판단하고
바람소리, 물소리, 새소리, 동물소리, 심지어 작은 풀벌레소리까지
많은 소리를 판단할 줄 아는 귀가 되어야 한다.

시각장애인을 생각해 보아라.

코의 냄새를 하늘에 비바람, 들녘의 풀냄새, 바다의 생선냄새,

음식, 향수, 수천 가지의 냄새들을 코의 냄새로 기억한다는 것은

얼마나 지혜로운가.

신의 후각, 혀의 미각도 맵고, 짜고, 단맛, 쓴맛으로 미각을 아는

지혜로운 자.

추억과 미래를 설계하는 사람

미래와 희망 위해 노력하는 자는 삶의 행복이 보장된다.

추억을 희망하는 자는 추억만 아름다워진다.

추억은 꿈을 먹고 살지만 행복은 노력하는 자에게만

기쁨을 가질 수 있다.

2007년 9월 21일

아빠가

아들에게

나는 작은 것으로도 반드시 최상급 생활을 즐기며
나를 최대한 흥분시키는 높은 이상과 꿈을 현실 속에서 반드시
정복한다.
나는 나의 강인한 힘과 노력으로 다양한 스포츠를
매일 행복한 마음으로 사계절 늘 푸른 동산을 가슴에 담으리라.
나는 나의 생명이 다하는 그날까지 그 누구도 이루지 못한
꿈과 목표를 다양하게 창조적으로 반복 트레이닝을 한다.
나는 어떠한 위기 상황이 밀려와도 내가 사랑하는 사람들을
충분히 지킬 수 있는 강력한 경제력과 강인한 체력을 키우며
더욱 강하게 보호할 것이다.
나는 항상 시간이 나면 다양한 독서와 문화를 가까이 하고
내가 잘 알지 못하는 모든 것도 노력하는 미래 지향적인 사람되어
언제나 기쁜 나의 노출을 하게 한다.
나는 항상 시간만 있으면 나보다 더 훌륭한 사람들을 만나
소통하고 겸손과 섬기는 리더십으로 강하게 노출시킨다.
나는 항상 새롭게 내가 도전하는 삶을 배울 수 있는
모든 분야에 과감하게 뛰어들고 시행착오와 고난과 시련,
고통과 배신, 비난과 멸시는 내가 가장 좋아하는
성공의 비타민이다.

꿈과 미래를 믿고 나가는 힘은 이성이 아니라 희망이며,

두뇌가 아니라 심장이다.

또한 미래와 희망을 위하여 노력하는 자는

언제나 미래가 보장되리라.

그러나 추억을 벗삼는 자는 추억으로만 남길 뿐이다.

사랑하는 아들아

아빠는 아들에게 할머님 문제로 상의를 한 것이다.
어머님께 물어보아라. 네가 대학에 입학할 때 아빠의 사정이
어려워 네 첫 등록금을 못 내어 걱정하고 있을 때 할머님께서
그동안 모아두셨던 용돈을 주면서 네 등록금을 주셨다.
할머님께서는 그 돈이 큰돈이 아니었을까?
아빠는 그때 정말 할머님, 엄마, 아들에게까지 미안했고
아빠의 삶이 너무나 보잘것없는 것 같았다.
그때 아빠는 마음속으로 네가 어떠한 아들이 될지라도,
아빠가 가진 것은 없어도 할머님, 엄마, 아들과 함께
더 열심히 노력할 것을 다짐하며 살아왔다.
아빠가 좋은 아빠는 못되어도 엄마와 아들을 늘 생각하고
힘든 여정을 걸어오면서도 아들만큼은 이 세상 어느 곳에서라도
필요한 사람으로 남길 바람이다.
아들아 아빠는 할머님께 잘해드린 것이 없단다.
네가 지켜보았지만, 할머님이 돌아가시기 전에
아빠가 무엇을 해드려야 할지 정말 모르겠단다.
네가 아빠를 조금 이해해주고 아빠의 입장을 생각하여 주면
어떠하겠니? 할머님께서 우리 집에서 계속 계신 것도 아니고
큰집, 고모 집, 이곳저곳 며칠씩 다니게 하고 싶단다.

아들아 아빠 뜻을 이해 좀 하여다오.

아들아 조금만 참아라. 이젠 너도 날개를 펴고

하늘을 날 때가 되었고, 엄마 아빠 곁을 떠나야 할 때가 되었구나.

그래서 박사학위를 수료하면 새로운 삶의 쉼터를 찾아 줄 것이다.

엄마가 어려운 삶 속에서 아들만큼은 잘 키워보려고

무척 노력했고 지금까지도 늘 엄마는 아들에게 꿈을 가지고 있다.

아들아 힘들어도 조금만 참고 기다려다오.

네가 박사학위만 수료하면 아빠는 아들에게 후회하지 않도록

보금자리를 준비할 것이다.

사랑하는 아들아 하늘은 높고 바다는 푸르고 땅은 왜 넓은 줄

아니? 사람의 마음도 하늘과 바다와 땅처럼 넓은 마음으로

지혜로운 삶 속에서 살아가는 아들이 되었으면 한다.

사랑하는 아들아!

아빠의 인생은 엄마와 사랑하는 아들 것이다.

사람에 따라 차이가 있겠지만 생각에 따라 달려있다.

아들도 세월을 살다 보면 알겠지.

그러나 누구에게나 분명한 것이 있다.

오직 하나뿐인 일회적인 인생을 살다 보면

바보로 살아왔다는 것을.

인생을 곱게 아름답게 진실하게 살고 싶은 것이 삶의 꿈이겠지,

미래를 위하여.

희망적인 삶을 살라. 노력 없는 꿈은 물거품과도 같다.

이루어질 수 없는 현실이다.

인간의 시작과 꿈은 결국은 도전 싸워야 하며

내가 가지고 있는 것은 더 빛나게 하여라.

언젠가 때가 되면 삶의 후회 없이 성실하게 고운 빛 아름다운 꿈

가슴에 담아 가도록 하여라.

아들아 즐거움과 행복은 스스로 만들어 가는 것이

지혜로운 삶을 살아가는 것이다.

나 자신의 아름다운 삶을 사는 것이 아니나 생각을 꿈꾸는

황홀한 시간이다.

아들아 또 한 해가 지나가고 봄이 다가오고 있구나.

세월이 가면 아빠도 세월 따라 자연으로 빈 수레로 돌아갈 것이다.

이것이 아빠 인생이다.

아들아 때론 지금이 가장 소중한 시간이며,

가장 중요한 타이밍임을 잊지 말아라.

오늘은 오늘이며 멋진 내일을 위하여 행복한 삶을 개척하여라.

늘 좋은 만남

하늘이 맺어준 축복이자 아름다운 선물로 그리운 이들과
매일 함께할 수 있어 좋습니다.
작열하는 태양 속으로 아름다운 정열, 매미와 새들의 속삭임은
그리움과 달콤한 속삭임으로 들려와 가슴 가득
향기로운 꽃으로 피어나는 선물과 같은 그리운 이들과 이 행복
그 어떤 그림으로도 그릴 수 없는 것입니다.
기쁨을 주는 그리운 이와의 좋은 인연 언제까지나 변하지 않는
보석 같은 만남이고 싶어서 그리운 이에게 결코 많은 것을
원하지 않으렵니다.
그저 가슴 한켠에 피어 있는 한떨기 꽃으로
그 향기 그 아름다움이길 바랄 뿐 그 무엇도 그리운 이에게
바라지 않으렵니다.
소유하려는 욕심의 그릇이 커질수록 아픔도 자라고
미움도 싹틀 수 있기에 그저 이만큼의 거리에서 서로 배려하고
신뢰하며 작은 말 한마디일지라도 서로에게 기쁨을 주는
선물같은 좋은 만남이고 싶습니다.
어느 곳에서도 늘 변하지 않는 부족하고 작은 정성이지만
아름다운 발자취가 되도록 함께 하렵니다.

함께 가는 인생

인생의 여정이 험난하여 포기하고 싶어질 때 따뜻한 가슴으로
다가와 손 내밀어 잡아주는 그런 너였으면 좋겠네.
그대를 위해 무거운 짐 다 짊어지고 가더라도 함께라면
웃음 머금고 떠나리라.
불평하지 않는 걸음으로 그 먼 길을 함께가는 인생길
묵묵히 걸어가겠습니다.
그대를 바라보고 웃을 수 있는 마음이 있다면 비바람이 불고 눈보라
몰아쳐도 그대와 함께하는 그 길이라면 어느 곳이든 헤쳐나갈
준비가 되어 있소. 그것만으로도 참 좋은 인연이 아닐까요?
가끔 어두운 벼랑으로 떨어진다 하여도 그것이 그대와
인연의 길이라면 목숨까지 드릴게요.
다시 오를 수 있도록 주저함없이 내 등을 내어주며 우리는 같이 웃고
우는 인생이 되어 서로를 아끼는 마음으로 뜨거운 눈물 한 방울까지
흘릴 수 있는 따뜻한 가슴 하나 간직하면 그 삶이 아름다운 삶으로
살아가면서 서로가 서로를 감싸안은 사랑 하나 믿고 함께 가는
그런 인생과 인연의 길목에서부터 시작한다는 마음으로 힘든 것도
헤쳐나갈 그런 인연 그 길을 함께할 수 있으면 크나큰 행복과
아름다운 인연이 되어 마지막 죽음의 다리를 건널 때 그대와 함께
했던 그 길을 아름답게 걸어가는 그날까지 가슴에 담아두렵니다.

어머님께 감사하는 마음

어머니 정말 죄송합니다.

어머님 살아생전에 효도도 못 하고 요양원으로 보낼 수밖에 없는

불효자식의 인생은 이렇게 숱한 마음고생으로 살아가고 있습니다.

어머니 사랑의 마음, 미움에 대한 용서, 과욕 등등 여러 가지로

죄송합니다.

어머니 슬하를 떠난 후 보낸 세월이 이렇게 흘러서 나에게 돌아온

추억들도 좋은 마음을 되돌려 받는 것이 내 삶의 길이며 베풂과

인생이 바뀜은 오늘도 가족, 어머니를 좀 더 잘 모시지 못한

자식으로 정말 부족하고 죄송한 마음 끝없이 아픕니다.

어머니의 삶도 넉넉하게 살지 못하셨지만 그래도 우리 6남매를

아낌없이 키워주신 어머니였습니다.

우리 형제 우정을 나누고 또 나누는 다복한 형제들의 마음은

모자람 없이 고마워하고 있습니다.

어머님께서 물려주신 이 아름다운 마음이 우리 6남매에게

내려주신 삶입니다.

어머니 우리 6남매 그 누구도 자식 도리를 못 한 불효를

용서하여 주십시오.

정말 미안하고 죄송합니다.

우리 6남매는 좀 더 숙고하면서 살겠습니다.

사람 냄새를 낼 수 있는 사람

가난한 농촌의 아들로 태어나 비록 가진 것은 없어도
늘 부자의 마음이었습니다.
깍두기와 동치미 한 그릇으로 밥을 맛있게 먹고
고기 한 점 못 먹고 살았으나 건강한 젊은이로 살았고,
검정 고무신 헌 옷 한 벌의 단벌 신사로 빛이 났던
젊은 청춘은 농촌 농부의 아들이었지만
위대하고 자랑스러운 사람으로 살아왔습니다.

내 삶은 어디서부터인지 이곳저곳 바로 미래의 꿈을
마음에 담았답니다.
내 삶은 꿈이 아닌 바로 노력의 대가, 가진 것 없는
행복의 지혜로 이루어진 값진 삶과 현실이 맺어진 것입니다.
꿈을 이루기 위한 집념을 위해 맨발로 뛰어가면서
무엇보다도 먼저 마음을 비우고 그만큼 더 그릇에 채우려
몸부림 속에서 살았습니다.

세상에서 멋있는 삶

열심히 노력하여 세상을 빛나게 살아온 내 삶!

인생을 살아가면서 배우고 또 경험하여 살아보니 지식보다

지혜가 더욱 아름답고 경험이 더 소중한 것은 지나온 세월이다.

아무리 지식이 많아도 지혜를 못 따라잡는 법.

어떠한 경험도 세월 앞에서 무덤에 들어갈 때까지

경이로운 삶의 가치는 무엇인가?

그때 그 시절 부산 광복동 공사현장에서 5~60명이 일심 단결하여

밤낮으로 고생했던 시절 89년, 부산 사직터미널 중층 공사로에서

온 몸을 던져 공사를 마감할 때

그 시절에는 장난으로 돌을 던졌지만 맞는 개구리는

치명상으로 죽는다는 말이 생각난다.

그 시절에는 젊음으로 누가 누굴 탓하기 전에 죽는지도 모르고

서로 젊음을 불태워 내가 나를 먼저 해야 한다는 생각과 삶은

나와의 청춘의 싸움을 한 것이다.

나를 돌아보고 나는 오늘 또 새롭게 살자.

그 시절 경험이 행운이다.

아버님 보고 싶습니다

이 세상에 가장 지혜로운 분은 바로 아버지였습니다.
아버지 슬하에 있을 때는 어려서 어떠한 것도
잘 기억이 나지 않습니다.
아버지가 세상을 떠나시고 그냥 어렴풋이 생각만 납니다.
당시 가난과 굶주림에 배고팠고 배움의 준비도 없이
세상에서 부족한 삶과 제일 모자란 사람으로 살아왔습니다.
아버지 없는 빈자리를 어머님께서 모진 고생을 하시면서
6남매를 키워주셨습니다.
그래서 누구보다 더 많이 뛰어야 했고, 힘든 시간과 세월을
나 자신과 싸움에서 이겨야 했습니다.
불행을 참고 잘 극복한 결과 부끄럽지 않은 사람으로
살 수 있었습니다.
남들보다 슬픔도 열 배, 백 배로 참아야 하는 시간,
말로 표현할 수 없는 고통의 순간입니다.
난 아들에게 가훈을 "어느 곳에서도 필요한 사람"으로
살라고 하였습니다.
물론 아들은 한 점 부끄럽지 않게 자랑스러운 아들로 살고
있습니다. 아쉬운 것은 결혼할 생각이 전혀 없는 것 같습니다.
그래서 손자 손녀를 기대할 수 없는 아쉬움 속에서 그래도

아버지께 늘 감사하면서 이만큼 행복하게 살 수 있었습니다.
가장 행복한 사람이 바로 제가 아닌가요?
많이 소유하였고, 가장 많이 감사하는 사람으로 살려고
노력합니다.
누구보다 가진 것은 적지만 내가 먼저 베풀어야
마음이 편안해지는 아들이 되었습니다.
아름답고 경이로운 삶을 우리 가족 모두 함께 살아가려고 합니다.

늘 사람답게 살았으면

힘들었던 지난 일에 얽매여 아픈 기억에서 벗어나고 싶다.
힘들었던 지난 기억의 상처로 마음의 정리를 하여 지우고 싶다.

내 삶의 새로운 날은 즐겁고, 지나온 일들은 묻고
상처를 받았던 나 자신의 기억을 지우고 싶다.

과거의 견디어 온 시간은 좋게 말하면 씩씩하고 유쾌했다고 할까?
내일을 약속하며 내 삶을 좋은 것만 기억하고 싶다.

나의 인생은 꽃처럼 예쁘고 아침 이슬에 젖어 햇빛에 보석처럼
빛나는 아름다운 것보다 경이로운 내 인생길.

모든 이들에게 곱고 아름다운 추억과 미래를 주고 싶다.

가끔은 이렇게 살고 싶다

조금 부족한 마음을 열어놓고 이런저런 삶의 이야기 나누고 싶은
그런 사람, 그리워지는 날을 설계하면서 같이…
소식이 없어도, 연락이 없어도, 찾아온 사람이 없어도
늘 환한 웃음으로 반겨주는 사람이고 싶다.

그리워하는 사람이 있다면 향기로운 커피 한 잔 나누며,
흘러나오는 음악을 함께 들을 수 있는 그런 사람이고 싶다.

마음을 타고 가슴으로 퍼지는 따뜻한 정을 나누는
그런 날이 되고 싶다.

멋있게 살고 싶은 삶, 좋은 사람으로 함께 가고 싶다.

친구들아

봄을 알리는 두 번째 절기 우수네.
농장에서는 꽃소식이 들려오고, 봄을 시샘하는 꽃샘추위가
다음 주까지라는데 감기 조심해.
새봄을 알리는 꽃소식도 들려오고,
우리도 자연처럼 순응하며 항상 서로의 인연에 감사하고,
자연스럽게 늙어가는 세월을 감사하고,
멋진 친구들을 위해 작은 골짝에서 늘 응원한다.
가족들과 함께 즐거운 주말 되길 바란다.

무제

사람은 누구나 원하는 것을 얻기 위해서는
끈기와 열정이 필요하다.
나에게는 지금 바로 지혜로운 노력이 필요하고
다시 한번 꿈을 다짐해야 한다.
장맛비는 무섭다. 단비도 필요할 때 내려야 자연에 도움이 되지만
장마에 내린 비는 적이다.
가보고 싶은 마음 나와 함께

봄은 어느덧 문턱에 다가와 있고 세월은 후회 없이
삶의 피부 속 깊이 젖어 오며…
가는 세월은 늘 빈손으로 가련만 영원한 것은 아무것도 없이
시간만 흐르고 있네.
물처럼 살다 보면 더 맑고 깨끗한 강물이 되기 위하여
마음 비워 살다 보니 때가 되어도 또한 굽이 파도처럼 스쳐 가는
세월이 오늘 또 내일 언제나 밝고 아름다움이 찾아온다.
나와 함께 삶을 지혜롭게 살아갔으면….

성공의 비결

지난 세월을 뒤돌아본다면 아장아장 걸어 다닐 때는
모르고 살아왔습니다.
난 한 시골 농촌 농부의 아들로 태어나 희망을 키우지 못하고
힘든 소년 시절을 달래며 꿈과 미래를 모르고 무럭무럭 자라는
늘 푸른 농촌에서 풀 냄새의 향수와 함께 이렇게 세월을 달래면서
살아왔습니다.

이젠 지난 시간이 얼마나 소중하며 나뭇잎처럼 떨어져 버린
아픈 마음을 가슴으로 그림자처럼 새겨 두렵니다.
이렇게 지난 세월을 돌려줄 수 없는 시간, 얼마나 소중한지
아무리 노력을 하여도 아픔을 딛고 미래를 설계할 수 없다는 것을
다시 한번 가슴으로 프러포즈하며 나의 삶을 살아왔던 시간이
뒤늦게 향수의 의미를 알게 되었답니다.

성공의 비결 무조건 참고 이겨야 한다.
박수받는 사람으로 열 배를 더 노력해야 한다.
인기 있는 예절 무조건 인사를 하고 고개 숙인 친절함.

일하는 사람으로 시작하여라.

목표와 방향과 시간을 정해놓고 도전하여 향수 냄새를

쉬는 걸음 그 모든 것을 내려놓고 천천히 걷는다.

때론 자유의 시간 또 다른 방향과 공간 한 번쯤 쉬어

향수를 마음으로 담아 세상에서 제일 소중한

아름다운 꽃으로 핀 삶.

새롭게 맞는 설날

새해 아침 백설처럼 눈이 내려
어느 해보다 눈 부신 아침을 맞이합니다.
새해 손님처럼 몰려오는 백설로 인연과 복을 드리고 싶습니다.
그동안 잃어버린 형제와 가족들과 화합하는
좋은 기회를 맞이하고 복이 넘치고 평온하게
행복한 마음을 이어가고 싶은 새해이기도 합니다.
뜻하는 모든 일이 잘 이루어지고 아름다운 축복으로
설 명절을 맞이하여 가족들과 화목하고 풍성한 시간 보내시며,
임인년壬寅年 새해에는 바라던 소원 성취하시기 바랍니다.
온 가족이 함께 살아가는 것이 참 행복한 길임을 알게 되었고,
가정에서 핀 아름다운 사랑의 꽃도,
형제들을 사랑하고 소중한 만큼 내 가족과 내 삶의 기쁨으로
아름다운 명절의 희망입니다.
어디서부터 맺어진 인연의 끈이 되었는지는 알 수 없지만,
우리가 맺어온 인연은 진정한 삶 속에 휘몰아치는 그리움,
서로를 이해하고 부족한 사람이지만 늘 보고 싶은 마음
아름다운 사랑으로 힘이 되어 오늘의 꽃을 피워갑니다.
임인년壬寅年 새해에는 해맑은 미소로 잔잔한 호수처럼
꽃봉오리 위에 맺혀 있는 한 방울 아침 이슬처럼

맑고 아름다운 웃음으로 밝아오는 태양 아래
밤새 땅속에 숨어들어 강으로 흐르듯 행복이 샘솟는
좋은 명절이 되어 행복하고 건강하시길 기원합니다.

나의 일기

괜찮은 건지, 그럴 리 없겠지만 혹시 내 생각에 힘겹지 않은지?
바보 같은 난 널 잊기엔 아직도 많이 모자라고 부족해.
네가 남기고 간 우리 추억으로 난 어떻게든 살아가고 있지만,
많이 아파했었던 내 모습이 너에게 짐이 된 건 아닌지
많이 걱정했었어.
아주 잠시라도 우리 마주치지 않도록 기도했는데,
하루에도 몇 번씩 왜 보고 싶어 지치는 건지 미안해, 용서해줘.
가끔 들리는 너의 소식에 괜찮은 척 애써보지만
난 늘 보고 싶고 그리워했어.
아직도 내게 남아있는 미련처럼 너의 모든 게 너무 소중해.
힘겹게 참아야만 했던 우리 모든 추억도 내 곁엔 없는 거야.
아주 잠시라도 우리 마주치지 않도록 기도하지만,
하루에도 몇 번씩 보고 싶어 미칠 것 같다.

사모곡思母曲

어머니 그동안 잘 지내셨는지요?
부족하고 못난 자식은 아무렇지 않게 살다가
문득문득 어머니 생각이 나면 밤새도록 뒤척이며
어머니 생각에 가슴을 아프게 합니다.
어머니를 요양원으로 보낸 이후부터
난 좌절 속에서 어머니를 알게 되었습니다.
사실 아직도 이 현실을 부정하며 살고, 왜곡하고 싶으나
자식으로서 아쉬운 건 어머니를 챙기지 못한 자식이 더 잘 돼서
소중한 아들로 잘할 수 있는 자식이 되고 싶었으나
바보로 멈추어 있는 것 같고, 버팀목이 되지 못한 못난 자식,
쓸모없는 자식으로 폐암과 뇌졸중으로 벌을 받는 마음이지만
어머니가 내 어머니라서 고맙고, 다행히 잘 참아주신 어머니!
지금 당장이라도 눈앞으로 모시고 싶습니다.

보고 싶은 어머니

해가 가면 갈수록 더욱 그리운 어머니!
보고 싶은 어머니!
나의 사랑하는 어머니!
당신은 언제나 우리 6남매 마음속에 최고였습니다.
어머니가 주신 변함없는 사랑과 헌신으로 힘들 때나 슬플 때나
우리 6남매에게 주신 사랑은 봄 향기보다 더 진한 향기였습니다.
어머니 감사합니다.
존경합니다.
사랑합니다.

마지막 고해성사

어머니 죄송합니다.

자주 못 찾아뵈어서 죄송합니다.

요새는 날씨가 맑고 공기도 좋아서 봄이 그리워집니다.

어머니가 보고 싶어서 이렇게 글을 써 봅니다.

늘 찾아뵙지 못했던 그 시간이 너무나 가슴이 아파져 옵니다.

오늘도 후회하고 시간을 되돌리고 싶습니다.

어머니 손 한번 꼭 잡아 줄 걸 그랬지.

따뜻한 말 한마디, 애교 없는 셋째아들이 용서를 빕니다.

어머니 모습, 웃음소리 보고 싶고 듣고 싶어도 이제는

꿈에서조차 찾아볼 수가 없습니다.

어머니 죄송합니다.

아버지, 우리 아버지

아버지의 발자국 위로 산골짝 바람에 흩날리는
매화꽃 향기가 퍼지면
곱고 아름다운 아버지에 대한 그리움
수많은 모래알 되어 다시 못 올 그곳으로 가셨나요?
우리 6남매의 가슴 깊은 곳에 남아있는 아버지에 대한 그리움!
잘 계시는지 안부조차 여쭈어볼 수가 없네요.
아버지!

그리운 아버지

시간이 이렇게 빨리 지나갑니다.

우리 곁을 떠나신 지 벌써 50년이 지났지만, 우리 형제들은
아직도 실감이 안 날 때가 많습니다.

우리 형제들의 바람이겠지만,
금방이라도 아버지가 돌아오실 것만 같습니다.

아버지! 많이 보고 싶습니다.

저 하늘에서도 아프지 말고 좋은 일이 많으시길 바래보지만
허전함을 뭐라 표현할까요?

아버지가 생각나는 날엔 가슴이 더욱 아프답니다.

아버지! 보고 싶습니다. 사랑합니다.

인생이란

이 글을 읽는 사람 중에 힘든 이들이 있으면 조금이나마
도움이 되었으면 하는 마음에 이 글을 남기고 싶습니다.
정말 힘들고, 미워하고, 괴롭고, 죽을 만큼 참기가 어려워
용서하지 못할 때 난 벽제 승화원을 찾아갑니다.
1시간 동안 이곳저곳 다니면서 문상 애도도 하고,
슬픔의 눈물을 같이 흘리며 마음을 비우고 모두를 용서하면
미워한 것도 용서가 되어 그곳에서부터 마음을 비우고 옵니다.
마음을 모두 비우면 바로 즐거움이 되고 내 삶의 발전과 행복이
되는 것입니다.
누구나 죽음 앞에는 용서가 된다는 말이 있습니다.
용서하면 내 마음이 아름답고 편하여집니다.
아프던 병도 치유가 된답니다.
나 자신을 비우고 언제나 높은 곳보다 낮은 곳을 향하여
즐거움을 찾으면 온 세상이 아름답습니다.
모든 것은 일상생활과 마음에서 시작되고 가상현실은
마음으로 끝납니다.
반듯한 화폐는 종이입니다. 마음에서 반듯한 말이 나오고
반듯한 삶의 행복도 있고, 욕심에 비할 수는 없는 것입니다.
마음은 은은하지만, 성질이 모두가 다르다는 것입니다.

얼굴에서 보이는 것처럼 마음을 잘못 쓰면 당장은 화를 모르지만
어리석은 마음을 떨치려 하여도 늘 후회를 하고 마음을
잘 가다듬어야 욕심과 성질도 나를 판단할 수 있습니다.
늘 봉사하는 마음으로 한 번 더 생각하고,
지인들과 사랑하는 모든 분에게 못 해준 마음 봉사하면서
내 삶을 이렇게 정리해 갑니다.
암 환자분들은 겪어본 기억일 것입니다.
2020년 8월 폐암 4기 말기 판정을 받고 중환자실에 입원 중
새벽에 옆방에서 들려온 소리가
"여보 죽으면 안 돼요. 그간 고생만 하고 이제 살만한데
당신이 없으면 난 어떻게 해요."였습니다.
삶과 죽음 앞에 무엇이 필요한 것인지 앞서 말한 것처럼
모두가 잘한 것은 없는데 못 해준 것만 생각이 납니다.
좀 더 잘해 주지 못한 시간이 가슴 깊이 쌓여만 갑니다.
좋은 사람으로 살고 싶습니다.

사랑하는 내 동생들

어느덧 서로가 이렇게 늙어감에
우린 아버지, 어머니의 사랑도 제대로 못 받고
또한 위 형제들 도움도 못 주었는데 벌써 같이 늙어
내 옆에 있는 것만으로도 내 동생들 고맙고 사랑한다.
외롭게 해서, 지켜주지 못해서 정말 미안하다.
사랑하는 내 동생들이 잘살아주어서 고맙다.
좋은 동생들로 살아준 것만으로 고맙다.
우리 서로 어머니에게 마지막 자식이 되어 경이로운 삶 속에서
건강하게 잘살아 보자.

골프 & 여행전문지 기사

People

전문 골프인을 꿈꾸는 청년골퍼 양성준
"골프는 접해보지 않으면 모르죠"

20대의 젊은이가 골프에 푹 빠져 있다. 운동을 워낙 좋아해 안 해본 종목이 없다고 하는 그는 우연한 기회에 골프를 접한 후 4년 뒤 프로골프 라이선스를 따냈고 대학원에 진학하여 아예 자신의 진로를 골프장 경영 분야로 결정지었다. 앞으로 골프대중화에 작은 힘을 보태는 전문인력으로 성장하고 싶다는 청년 골퍼, 양성준을 만나 그의 생각을 들어봤다.

다부져 보이는 체격이 첫눈에도 운동을 꽤나 오래 해온 청년이란 생각을 들게 한다. 아니나 다를까 태권도만 20년을 넘게 해 왔다고. 태권도 5단의 실력뿐 아니라 웬만한 운동은 안 해본 것이 없다고 하니 '만능 스포츠맨'이라는 표현이 어울릴 듯싶다. 수원대 체육과 졸업 후 현재 몸담고 있는 직장 역시 인천시설 관리공단 삼산월드체육관, 이것이 올해 28살 양성준의 짧은 스포츠 이력이다.

"아주 어린 시절부터 시작한 태권도 덕에 운동신경이 남달라 봅니다. 접하는 운동마다 쉽게 익숙해지곤 했어요."

아버지도 아들도 모두 프로골퍼

그가 골프를 시작한 것은 광주 경호대를 다니던 20세 때, 아버지 양순우씨(㈜뉴코리아건설 회장)의 권유가 계기가 됐다. 스포츠 쪽에 관심이 많고 또 남다른 운동신경 덕에 양성준은 골프입문 4년 만에 KTPGA 프로테스트를 무난히 통과, 프로골퍼라는 새로운 명칭을 얻었다.

"사실 골프만큼은 쉽게 적응하리라 생각하지 못했어요. 특히 입문하던 시절은 학생 신분이라 부모님의 도움없이는 제가 원한다고 해서 할 수 있는 것이 아니었으니까요. 다행히 KTPGA 프로 라이선스를 가지고 계셨던 아버지의 적극적인 지원과 열의가 현재의 위치에 오게 한 것 같습니다."

그의 말처럼 아버지 양순우씨도 KTPGA 프로골퍼다. 그리고 보니 아버지와 아들이 같은 협회의 프로골퍼로 선후배 관계를 맺고 있는 셈이다.

경호대 졸업 후 골프에 전념하던 그는 좀 더 전문적인 지식 습득을 위해 수원대 체육학과로 편입했고 이때부터 골프장 경영과 마케팅 분야에 관심을 갖기 시작했다. 프로골프 라이선스를 취득한 시기도 이때쯤이다. 그리고 대학 졸업 후엔 곧바로 인천대 대학원에 입학하여 현재 스포츠 경영과 마케팅학을 전공하고 있다.

"골프가 제 미래에 대한 윤곽을 확실하게 제시한 셈이지요. 지금까지 경험해 온 많은 스포츠와 달리 정신적 안정과 평화를 얻을 수 있다는 점에 크게 매료된 것입니다. 그래서 생각했어요. 골프를 단순히 취미로 즐길

것이 아니라 골프를 통해 내가 할 수 있는 일을 찾아 보자구요."

골프장 경영분야의 전문 인력이 되고파

현재 대학원 석사과정 이수를 앞둔 그는 '스크린골프장의 물리적 환경이 재방문 및 추천의도에 미치는 영향'이라는 제목의 졸업논문을 준비 중에 있다. 직장인 인천시설 관리공단을 출퇴근하랴, 간간히 필드를 찾아 기량을 쌓으랴, 거기에 졸업논문까지 준비해야 하는 등 빠듯한 일정에 바쁜 일상을 보내야 하지만 골프를 통해 자신의 꿈을 펼쳐보겠다는 양성준에겐 하루하루가 즐겁고 소중하기만 하다.

"일과 학업을 병행하다보니 자칫 연습에 소홀해지는 것이 안타깝긴 하지만 체육시설에서 근무하는 덕에 헬스를 포함, 다양한 운동을 쉽게 접할 수 있어 직장에 대한 만족도가 꽤 높은 편입니다. 어떠한 운동이던 가리지 않고 즐기는 저에게 이만한 직장이 어디 또 있을까요?"

골프장 경영관리를 꿈꾸고 있는 그가 자신의 생각을 조심스레 꺼내 보인다.

"골프장 경영에 참여하게 된다면 무엇보다도 대중화에 작은 힘을 보탤까 해요. 현재 국내 골프 인구가 400만이나, 500만이다 하지만 진정한 대중화는 아직 요원하다고 봅니다. 대중화란 결코 동호인의 수적인 증가만으로 판단할 수 없기 때문이지요. 아직도 필드에 한번 나가려면 평일이라도 20만원 이상의 비용을 지출해야 하는데, 일부 층을 제외하고는 부담스러운 금액이 아닐 수 없어요. 제가 생각하는 대중화란 골프인구도 중요하지만 부담없는 비용으로 쉽게 접하는 여건이 이루어질 때 가능하리라 봅니다. 비록 작은 힘일지라도 진정한 골프 대중화를 위해 일하고 싶습니다."

아직 20대의 나이지만 그의 머릿속엔 뚜렷한 목표의식이 가득 차 있는 듯하다. 인터뷰 말미에 그가 덧붙인다.

"아무리 골프 예찬을 해도 직접 체험하지 못하면 그 가치를 알리 없어요. 저 또한 그랬으니까요. 많은 장점이 있지만 사회를 살아가면서 인간관계에 도움이 되는 운동은 골프가 최곤데 말입니다!"

"골프장 경영에 참여하게 된다면 무엇보다도 대중화에 작은 힘을 보탤까 해요. 제가 생각하는 대중화란 골프인구도 중요하지만 부담없는 비용으로 쉽게 접하는 조건이 이루어질 때 가능하리라 봅니다. 비록 작은 힘일지라도 진정한 골프 대중화를 위해 일하고 싶습니다."

(골프&여행전문지 2010. 5.)

시대의 아이콘이 된 부자

양삼우, 양성준씨의 이 부자가 사는 법

아버지를 떠올리면 가슴 한켠에 아련함이 맴돈다. 우리 시대의 아버지들은 무에서 유를 만들어낸 존경의 대상이다. 지금의 우리가 감히 흉내낼 수도 없는 많은 것들을 그들은 이뤄냈다. 지금 시대가 아무리 최첨단을 자랑해도 튼튼한 토대가 갖춰지지 않았다면 이러한 미래도 없었을 것이다. 기적의 대한민국을 이끈 우리 시대의 아버지 양삼우 씨와 그의 가르침으로 올곧은 청년이 된 양성준 부자의 이야기를 들어보자.

유 쾌한 부자를 만났다.
이 시대를 사는 우리의 아버지 양삼우(검단중앙공원개발조합 이사)와 시대의 아이콘인 양성준(37)씨. 양성준씨와 본지와의 첫 만남은 10년 전으로 그가 20대 청년일 때였다. 20대의 양성준씨는 포부와 파이팅이 넘치는 청년이었다. 그에게는 꿈이 많았고 하고 싶은 일도 많은 청년이었다.
잠시 그때로 되돌아가보면 그는 운동으로 다져진 몸에 불타는 의지가 가득했다고나 할까.
그가 골프를 시작한 것은 광주 경호대를 다니던 20세 때, 아버지 양삼우 씨의 권유로 시작됐다. 스포츠 쪽에 관심이 많고 또 남다른 운동신경 덕에 양성준은 골프입문 4년 만에 KIPGA 프로테스트를 무난히 통과, 프로골퍼라는 타이틀도 갖췄다.
물론 아버지의 도움이 없었으면 가능하지 않았을 일이었다. 아버지 양삼우씨는 아들과 같은 협회의 프로골퍼 선후배 관계가 된 것에 자랑스러워했다.
아들이 같은 협회의 프로골퍼로 신후배 관계를 맺고 있는 셈이다. 경호대 졸업 후 골프에 전념한 그는 좀 더 전문적인 지식 습득을 위해 수원대 체육학과로 편입했고 이때부터 골프장 경영과 마케팅 분야에 관심을 갖기 시작했다. 이후 대학 졸업 후엔 곧바로 인천대 대학원에 입학하여 스포츠 경영과 마케팅학을 전공했다.

(골프&여행전문지 2019. 12.)

시민들을 위해 봉사하는 것이 원칙

양성준씨는 '스크린골프장'을 소재로 석사학위를 받았다. 10년전 양성준씨는 다음과 같이 이야기했다. "최근 골프업계의 가장 큰 이슈는 스크린골프장의 출현과 이용객의 급증 아닌가요? 때문에 스크린 골프장의 물리적 현실과 이용객의 실태, 그리고 재방문에 미치는 요소 등을 제대로 파악하고 싶었습니다" 그의 논문에 의하면 이용객이 가장 신경을 쓰는 부분은 다름아닌 업 소의 청결도 상태였다. 아울러 다소 원거리라 할지라도 시스템의 첨단성이 재방문을 유도하는 중요 요소라는 것이다. 스크린골프장을 단순한 오락장 정도로 치부하여 막연히 근접성 (편리성) 정도를 가장 중요한 요소로 생각했던 기자에게 그의 논문은 의외의 결과를 던져줬다. "세계에서 가장 룸 문화가 활성화된 곳이 한국이라합니다. 스크린골프장과 이용객 이 급증하는 이유도 여기서 찾을 수 있겠죠. 간혹 비정상적으로 운영되는 업소가 있어 매스컴 의 지적을 받곤 하지만 진정한 골프 대중화를 위한 매우 중요한 시설임에는 틀림 없다고 봅니다" 때문에 건전하고 쾌적한 스포츠 시설물로서의 새로운 마케팅과 시설확보가 중요하다고 그는 강조했다.

현재 그는 인천시설공단 계양경기장 운영파트에서 근무하며 경기장 대관 부문 행정일을 도맡아 하고 있다. 2006년도에 입사해서 지금까지 그가 이곳에서 일을 하며 여러 가지 꿈을 꿀 수 있었던 것도 그가 생각하는 경영의 시작이 바로 이용자간의 소통이라는 데에서 출발한다는 데에 이견이 없다.

"현재 인천시설공단은 인천을 대표하는 대표공단으로 시민들을 위해 봉사하는 것이 원칙인 곳입니다. 이같은 운영 철학이 저의 생각과 맞았어요. 봉사한다는 데에 자부심을 갖고 있기 때문에 일이 재미있고 앞으로도 더 열심히 일 할 수 있는 힘이 됩니다."

그의 전공이 스포츠 경영과 마케팅이라는 점에서 비추어 볼 때 현재 그의 일은 그에게 도약의 시발점이기도 하다. 한곳에 오래도록 머무르며 행정 전반적인 사항들을 두루두루 익히고 배울 수 있다는 점도 그에게는 큰 장점이 될 것이라고 스스로도 믿고 있었다.

아버지의 대표 아이콘 '도약'

이날은 특히 양성준씨와 그의 아버지 양삼우씨가 자리를 함께했다. 양삼우씨는 아들의 절대적인 지지자이기도 하지만 묵묵히 뒤에서 그를 지키는 그림자이기도 했다. 아들에게 건네는 말 한마디 한마디에 그야말로 애정이 넘쳐 흐르는 것을 누가 봐도 알 수 있었다.

양삼우씨에게 아들은 무엇이냐고 묻는 기자의 질문에 그는 말로 다 표현하지 못할 정도로 귀하고 애틋한 자식이라고 말했다.

그는 매일같이 아들에게 문자 메시지를 보내며 자신의 사랑을 표현한다고 했다. 외동아들을 키우면서 부족함 없이 다 해주려고 노력했던 그였다. 하지만 한때는 회사 운영이 잘못되며 시련의 시간을, 고뇌의 시간을 아들에게 전해준 때도 있었다고 그는 말했다. 모든 것을 포기하고 싶은 순간에 그를 살게 한 것이 바로 가족이었다. 그는 더 열심히 재개를 위해 노력했고 마침내 일어섰다.

"아들에게 항상 힘들어도 조금 참고 봉사하는 마음으로 살기를 바란다고 말합니다. 지는 것이 나중에는 이기는 것이 됨을 아들이 알았으면 합니다."

양삼우씨는 많은 우리 아버지들이 그러했듯이 평범한 가정에서 태어나 1976년도 진흥기업 입사를 시작으로 본격적인 사회 구성원으로 일했다. 이후 해외파견, 외국인 회사 근무 등을 하며 탄탄한 이력을 만들고 자신의 사업체를 운영하는 사업가로 큰 성공을 거둔 바 있다. 하지만 1994년 대기업과 소송을 하며 그간 일궈낸 모든 것들을 잃기도 했다.

맨손으로 시작해 층층이 쌓아올린 공든 탑이 와르르 무너지는 순간에 그는 자신에게 주어진 시련을 이겨내기 위해 또다시 도약하지 않으면 안 되었다.

그리고 거짓말처럼 다시 일어섰다. 그저 꿈인줄만 알았던 것들이 현실이 된 것이다.

이제 그에게 더 이상의 바람은 없다.

그저 아들이 가정을 꾸리고 자신이 하고 싶은 일을 하며 재미있게 살아가기를 바라는 마음, 여느 아버지들이 꿈꾸는 그 바람들만 남았다.

부자간의 사랑

부자라는 말이 이 둘에게 잘 어울린다.

아버지와 아들, 더 이상 욕심내지 않아도 되는 부자. 그들은 모든 것을 가졌다. 이미 둘 만으로 완전체인 셈이다. 아

버지 양삼우씨는 항상 아들을 믿고 아들의 말을 존중한다고 말했다. 또 양성준씨는 어릴 때 느꼈던 아버지의 사랑과 지금 느껴지는 사랑은 많이 다르다고 말했다. 자신이 가장 존경하는 인물은 바로 '나의 아버지'라며…. 부자지간이라 서로의 마음을 알면서도 때로는 표현이 서툴 때가 많다고 말했다. 그럼에도 인터뷰 중간중간 손도 잡아보고 눈도 마주쳐 보며 서로에게 사랑의 시그널을 연신 주고 받는 부자지간이었다.

남은 그들의 시간도 오롯이 그들이 소원하는 대로 이뤄질 수 있기를 바란다. █

그는 매일같이 아들에게 문자 메시지를 보내며 자신의 사랑을 표현한다고 했다. 외동아들을 키우면서 부족함 없이 다 해주려고 노력했던 그였다. 하지만 한때는 회사 운영이 잘못되며 시련의 시간을, 고뇌의 시간을 아들에게 전해준 때도 있었다고 그는 말했다. 모든 것을 포기하고 싶은 순간에 그를 살게 한 것이 바로 가족이었다. 그는 더 열심히 재개를 위해 노력했고 마침내 일어섰다.

(골프&여행전문지 2019. 12.)

양삼우 수상집

내 인생의 나래를 펴고

초판인쇄 · 2022년 6월 10일
초판발행 · 2022년 6월 18일

지은이 | 양삼우
펴낸이 | 서영애
펴낸곳 | 대양미디어

04559 서울시 중구 퇴계로45길 22-6(일호빌딩) 602호
전화 | (02)2276-0078
팩스 | (02)2267-7888

ISBN 979-11-6072-100-3 03810
값 15,000원